마네킹

MANE
KING

RZZA
PLAN

안석훈

마녀들

"오나라와 월나라는
강을 사이에 두고
남북으로 마주 보고 으르렁거리던 사이야.
강과 바다에 인접해 있어서
함께 배를 탈 일이 많았는데,
원수 사이였음에도
풍랑을 만나 위험에 빠질 때면
서로 협력하기가 왼손과 오른손 같았데.
원수지간이라고 쌩까다가 함께 물고기 밥 되는 것보다
협력해서 살아남는 게 이득이란 얘기지."

본문 중에서

차이

금강산은 무척 아름다운 곳이었습니다. 그래서 많은 옛사람도 그 산을 찬미하였습니다. 4백여 년 전 한 시인은 1만 2천 개의 기기묘묘한 봉우리에 감탄하여, 그것을 빚어 놓은 조물주가 야단스럽다고도 했습니다. 한 번도 가보지 못했어도 금강산을 예찬한 노래 한두 곡 쯤은 모두 알고 있을 정도였습니다. 금강산은 남북한이 본격적으로 거래를 시작하는 첫 번째 장소였습니다. 50년을 넘게 대치하던 양쪽에게 소통과 화해의 장이 되었습니다. 관광뿐만 아니라 이산가족이 만나는 장소였으며, 경제 협력을 위한 정부의 회담 장소이기도 하였습니다.

그런데 전쟁의 그림자는 공교롭게도 그곳에서부터 어른거렸습니다.

새벽에 바닷가를 산책하던 관광객이 총에 맞아 죽었습니다. 총을 맞은 곳은 관광지의 안전 지역을 한참 벗어난 곳이었습니다. 안전한 곳과 그렇지 않은 지역을 구분하는 울타리는 호텔을 휘감고 해수욕장으로 길게 뻗어 있었습니다. 그런데 어찌 된 셈인지 수용소 울타리같이 높다란 철망은 바닷가에 다다르지 않고 해수욕장 모래톱 중간에서 끊어져 있었습니다. 그러니 해안선을 따라서 가다보면, 아무런 장애없이 안전 지역 너머 위험한 곳으로도 갈 수 있었습니다. 울타리의 높이 따위는 별 소용이 없었습니다. 총알은 등을 뚫고 지나갔습니다. 관광객의 주검은 호텔 쪽을 향해 엎어져 있었습니다. 안전한 곳으로 돌아오려다 총에 맞은 것입니다.

금강산 호텔에서 피격 사건에 관한 긴급회의가 열렸습니다. 관광을 시작한 후 소통마당이었던 회의실에서 남북한 대표가 처음으로 눈을 부라리며 마주했습니다.

「려행자가 그렇게 된 것은 매우 유감이오..」

「유감 표현으로 해결될 문제가 아닙니다.」

「더 무엇을 바라오?」

「첫째, 철저한 진상규명. 둘째, 유가족에 대한 사과. 셋째, 재발 방지의 약속입니다. 다시는 이런 일이 일어나지 않게 하기 위해서라도 이 세 가지는 반드시 이루어져야 합니다.」

「사과를 전제로 진실을 밝히자니 그런 경우도 있소? 좋소! 하나하나 따져 봅시다.」

「피격 장소에는 들어가 보지도 못했습니다.」

「우리 군사 지역에 남측 수사관들이 들어와서 사진을 찍으며 샅샅이 조사하겠다는 거요?」

「피격 장소도 확인하지 못하고 귀측에서 발표한 것만 무작정 믿으라는 겁니까?」

「이 보오! 경계선을 넘어온 게 자명하거늘 거기에 무슨 오류가 있갔소?」

「아무리 경계선을 넘어갔다 하더라도 관광지 바로 근처면 충분히 주의했어야 하는 것 아닙니까?」

「우리 경계병은 충분한 주의를 다 했소.」

「그 결과가 관광객을 쏘았다는 겁니까? 적대행위를 하지 않는 민간인이므로 생포할 수도 있었습니다. 명백한 과잉 대응입니다.」

「단순 관광자인지, 염탐이 목적인지 분간하기 어려운 어두운 새벽이었소.」

「호텔에서 몇몇 사람이 총소리를 들었습니다. 총소리가 난 시간은 어스름한 새벽이었습니다. 관광객인지 아닌지 식별이 가능한 시간이었습니다.」

「총소리를 들었다는 자들이 짚어낸 시간을 곧이곧대로 믿을 수 없소.」

「그런데 우리더러는 귀측 초병의 판단을 믿으라는 겁니까?」

「경계병은 근무 수칙대로 대처하게 되어 있소. 우리 공화국 군대는 그 장소와 상황에서 조치한 병사의 판단을 믿을 뿐이오.」

「초병에 대한 믿음만 있고, 비무장한 관광객을 쏘지 않으리라는 귀측 군대에 대한 우리 국민의 더 큰 믿음은 생각해 보지 않으셨습니까?」

「그 믿음은 려행지 내에 한정된 것이오. 우리는 충분히 그 믿음에 답하고 있소.」

「누군지 구분할 수도 없는 깜깜한 새벽에 여자 혼자 바닷가를 산책하러 나갔다는 겁니까? 그게 상식적으로 말이 된다고 생각하십니까?」

「우리도 상식이 있소. 새벽 6시까지 움직이는 것은 그 무엇이든 발포를 한다는 것과 총을 맞은 지점이 절대 들어와서는 안 되는 곳이라는 것이오.」

「피해자는 아주머니입니다. 그런 군사적인 지식이 전혀 없는….」

「비법 행위에 대한 조처만 있을 뿐, 비법자의 고의를 구별하는 것까지 경계병에게 맡겨진 것은 아니오. 그 려행자가 적대 행위를 하러 경계를 넘었는지 어찌 안단 말이오? 남조선 군대는 경계병에게 그런 것까지 판단하도록 한단 말이오?」

「새벽 시간 초병의 수하에 군사적 상식이 전혀 없는 민간인으로서는 충분히 도망칠 수 있는 것 아닙니까? 거기에 다짜고짜 총질한 것이 불찰이 없단 말입니까?」

「무턱대고 한 것이 아니오. 경고도 했고, 경고 사격도 했소. 그 자는 끝내 불응하고 도주하였소. 려행지 밖은 모두 최전연 군사지역이오. 경계병에게 침입자인지 아닌지를 판단하는 교육을 하기보다는, 귀측이 려행자에게 철저히 다짐을 놓는 편이 훨씬 효과적일 것이오.」

「입장을 바꿔 생각해 보세요! 일생에 한 번 있을까 말까 한 가슴 벅찬 여행지에 와서 죽었습니다! 그것도 총에 맞아서! 당신네 군인들은 여기를 전쟁터로 알고 있는 거요?」

「손 총질하지 마시오. 우리도 그 점은 가슴 아프게 생각하오. 하지만 려행지에도 수칙은 있는 것이고 우리 군도 수칙이 있소. 여행객에 대해 철저히 주의시키지 않은 것은 남측의 불찰이오.」

「주의를 시킨다고 모든 것이 완벽하게 될 일이면 무슨 걱정이 있겠습니까?」

「주의에 따르지 않고 거느즉한 것은 전적으로 개인의 책임이오.」

「바닷가를 따라서 걷다 보면 울타리가 없죠?」

「그렇소.」

「철조망이 바닷가까지 다다르지 않고 백사장 중간까지만 처져있는 탓으로, 그동안 이번 피해자처럼 몇몇 관광객이 넘어가다가 몇 차례 검문을 받고 또 억류까지 되었던 적이 있었죠?」

「그런 적이 있었소. 하지만 그것은 대낮의 일이었소.」

「많은 관광객이 매일매일 새로 들어옵니다. 그렇다면 밤이든 새벽이든 시간의 문제일 뿐, 언제고 그런 이탈이 일어날 소지는 다분히 있지 않겠습니까? 그럼, 병사들에게도 더 주의를 시켰어야지요. 함부로 총질하지 말라고!」

「목청을 높이지 않아도 다 알아듣소.」

「게다가 귀측에서는 울타리를 보완한다거나 경고문을 더 부착한다거나 하는 따위의 조치도 하지 않았고, 관광회사에 요구도 하지 않았습니다. 아무 일도 하지 않았다는 자체가 마땅히 사과해야 할 이유라 이겁니다. 나아가 책임자에게도 그 안일함에 대한 책임을 물어야지요.」

「그렇게 개념 확장하면 남아나는 이가 별로 없을 것이오. 직무태만이라면 남측도, 그리고 려행회사도 똑같이 저지른 것 아니오?」

「관광을 재개하기 위해서는 성의 있는 사과가 필요합니다.」

「사과한다면 우리 경계병은 감옥에 가게 되어 있소. 그렇게 되면 그의 상관도 지휘 책임을 물을 수밖에 없을 것이오. 잘못하지 않은 일로 처벌 받는다면 군대가 유지되갔소? 우리 공화국 군대는 수칙대로 대응한 일로 감옥으로 가는

법이란 없소. 선생도 군대는 갔다 왔을 것 아니오? 당연한 상식 가지고 이러 쿵 저러쿵 생짜 부리지 맙시다.」

「앞으로 이런 사고가 다시 일어나지 않으리라는 보장이 있겠습니까?」

「우리와 남측이 더욱 분발하면 이런 일은 더 이상 일어나지 않을 것이오. 비 온 뒤에 땅이 굳어진다고 이번 일을 계기로 우리도 더욱 로력합시다. 원래 발전은 일이 닥친 이후에 수습하면서 이루어지는 것 아니겠소? 재발 방지는 이번 사건을 계기로 이미 이루어진 것이나 다름없지 않소?」

「그렇게 안이하게 생각할 문제가 아닌 것 같습니다. 땅이 굳힐 정도가 아니라 쓸려나갈 정도로 비가 온 것이 문제겠지요. 관광이란 게 하라고 한다고 되기나 하는 겁니까? 관광 열기는 총질에 이미 싸늘하게 식어버렸는데요. 아차 하면 총 맞을 수 있는 데를 다시 놀러 오라고요? 사과가 필요한 이유가 바로 그것입니다. 진상규명과 사과 그리고 재발 방지 약속은 세 가지 같지만, 따로 떼려야 뗄 수가 없는 하나의 사안입니다.」

「사과는 무리요. 절차에 따른 경계 임무를 수행했는데 사과를 하라는 건 성스러운 공화국 군대의 자부심을 단숨에 무력화할 수 있는 폭거나 다름없소.」

「이번 사건으로 앞으로 귀측이나 우리나 양쪽에서 입을 손실이 얼마나 될 줄 상상해보셨습니까?」

「그래서 빨리 수습하고 다시 믿음을 되찾자고 이렇게 귀한 시간을 내며 마주하고 있는 것 아니오.」

「믿음을 말씀하셨는데 귀측 초병이 바로 안전한 휴식에 대한 믿음에 총질을 한 겁니다.」

「믿음에 총질한 것이 아니오. 상황이 그렇게 된 것이오.」

「인간이면 가져야 할 눈곱만치의 사려도 없었습니다. 뭐 기계도 아니고. 그것만으로도 사과에 대한 이유는 차고 넘칩니다.」

「기계가 그랬다면 차라리 사과를 하겠소.」

「뉘우치지 않는 총부리는 언제고 다시 불을 뿜을 수 있는 겁니다. 그래서 사과를 하라는 겁니다. 부득부득 사과 한마디 않는 건 앞으로도 관광객의 사소한 위반을 적대행위로 보겠다는 것과 다를 바 없습니다.」

「그럴 리는 없소. 사과는 할 수 없어도 반성은 할 수 있기 때문이오.」

「사과하지 않겠다고 고집부리는 것에는 다른 의도가 숨어 있는 것이라는 생각마저 듭니다.」

「그 무슨 의도가 있다는 거요?」

「무슨 정치적인 이유로 긴장 관계를 조성하려고 하는….」

「어방없소! 하필 려행자가 넘어올 걸 기다렸다가 총을 쏘았다는 거요?」

「그렇지 않고는 사과에 대해서 이렇게까지 완강히 나올 이유가 없다고 생각합니다.」

「얘기하지 않았소. 군대는 명분에 의해 받들어지는 집단이오. 정당한 일을 했는데 격려는 못 할망정 처벌해야겠소? 사과가 단순하지 않은 건 바로 우리 공화국 군대의 군기와 관련된 중대 사안이란 말이오. 그걸 이해하지 못하는 선생이 답답할 뿐이오.」

도돌이표에 부딪혀 되돌아 오듯 회담은 다음으로 넘어가지 못했습니다. 두 나라의 체제만큼이나 사건을 바라보는 시각도 차이가 있었습니다. 멈췄다 열렸다를 반복하며 진행하던 회담은 저녁나절에 이르러 결국 결렬되었습니다.

얼굴이 벌개서 회담장을 나선 양측 대표는 서로의 목소리가 들리지 않을만큼 멀찌감치 떨어진 곳에서 구부정한 등을 보이며 각각 기자회견을 열었습니다. 회담 결렬에 대한 책임은 상대방에게 떠넘기며 비난을 퍼부어댔습니다. 다시 어떻게 해보자는 기약도 없었습니다.

금강산 봉우리 사이사이로 석양이 물들어 가고 있었습니다. 꼬리에 꼬리를 물고 호텔을 나선 대표단의 차량들이 남북 각자의 방향으로 휑하니 돌아가 버렸습니다. 항상 사람들로 넘쳐나던 호텔은 텅 비었습니다. 관광객이 들어오지 않는 호텔에 더 이상 직원이 있을 이유가 없었습니다. 최소한의 인원만 남은 채 그들마저 철수했습니다. 아름다운 금강산은 더 이상 아무도 찾지 않게 되었습니다. 그렇게 해를 넘겼습니다. 매서운 겨울바람이 휘몰아치는 바닷가에는 텅 빈 호텔이 을씨년스러운 모습으로 우뚝 서 있을 뿐이었습니다.

문

"도대체 날씨는 언제 풀리는 거야? 정말 징글징글해!"
창밖을 내다보던 바비걸이 어깨 위의 먼지를 털어내는 시늉을 하며 짜증스러워했습니다. 이번 겨울은 거의 사흘 걸러 한 번씩 눈이 내렸습니다. 봄에 들어섰다는 입춘이 지나고 얼음이 흐물흐물하는 우수도 보름 전에 지났습니다. 오늘은 개구리 봄나들이 나오는 경칩입니다. 그런데도 하늘은 잔뜩 우거지상을 하고 있었습니다. 밤사이에 내린 도둑눈이 발목쟁이까지 이르렀는데, 다시 눈발이 포슬포슬 흩날렸습니다.
"그러게. 그래야 저 문도 열릴 텐데."

오스카가 턱짓으로 문을 가리켰습니다. 큰 트럭도 쉽게 드나들 정도 크기의 미닫이문에는 MANEKING이란 글자가 위아래 두 줄로 돋을새김이 되어 있습니다. 알파벳 하나의 크기가 양팔을 벌리고 있는 어린이만 했습니다.

"요즘에는 주변이 쥐 죽은 듯 고요해요. 이러다가 이 안에 평생 갇혀 있는 건 아닌지 몰라. 짜증나."

바비걸은 호들갑스럽게 어깨를 흔들었습니다.

"평생? 걱정마! 그 전에 이 위로 포탄이 떨어질지도 모르니까. 평생까지야 가겠어?"

그 꼴을 못마땅하게 쳐다보던 리베로가 이죽거렸습니다.

"무슨 말을 그렇게 해!"

바비걸이 발끈하며 쏘아댔습니다.

"뭘? 고요한 게 싫다며? 고요함도 함께 포탄이 날려 보내 줄 테니 여러모로 바라던 대로 되는 거지 뭐."

"누가 싫댔어? 쥐 죽은 듯하다고 했지."

"그으래? 싫지 않다고? 그럼 됐네. 쥐까지 포탄에 싹 죽으면 다시 고요해지겠네. 킥킥!"

리베로는 바비걸의 눈총을 피하며 계속 비꼬았습니다.

"어머! 정말 재수 없어. 너 같은 앤 딱 질색이야."

"피차 마찬가지야. 나도 너 같은 애 취미 없거든?"

"누가 너더러 취미 삼아 달랬어?"

바비걸은 악을 써댔습니다. 눈에는 눈물이 그렁그렁해졌습니다.

"만날 찔찔거리기나 하고…."

리베로가 빈정거리자 바비걸은 기어코 옆에 있는 핑키걸의 가슴에 얼굴을 묻고 훌쩍거리기 시작했습니다. 핑키걸이 리베로를 쏘아보며 바비걸의 등을 토닥거렸습니다.

"어지간히 하지? 짜증은 바비걸만 내는 게 아닌데."

오스카가 나서서 리베로를 나무랐습니다. 오스카는 시상식장 마네킹입니다. 온몸이 황금색으로 칠해져 있는데 짧은 머리에 눈썹 뼈가 툭 튀어나와 눈은 언제나 그늘져 있었습니다.

"왜 나만 갖고 그래? 평생 이 안에 있을지도 모른다고 입빠른 소리를 한 게 누군데?"

"걱정 끝에 그렇게 말 할 수도 있는 거지. 그걸 이해 못 하나?"

"왜 그 이해는 나만 해야 하는데?"

"먼저 말을 비튼 건 너잖아?"

"분위기 파악 못 하고 속 뒤집는 건 쟤잖아?"

"무슨 분위기?"

"짜증은 너도 난다며? 누군 이 안이 좋아서 이러고 있는 줄 알아?"

"쟤가 누구를 향해서 짜증을 냈나?"

"모두를 향한 거잖아?"

"너만 그런가 보지? 난 아니었거든?"

"이거 새삼스럽게 왜 이래? 오 씨! 마치 정의의 사도인 양!"

"그렇게 봐주면 고맙고."

"오! 그래? 그런데 그 정의는 여자한테만 발휘되나 보지? 쟤한테 점수 따서 뭐 해보려는 건가?"

"뭐가 어째? 이 삐딱이 짱구 놈아?"

오스카가 발걸음을 재게 놀리며 리베로한테 다가갔습니다.

"어쭈? 이 누렁이 황소 같은 놈이?"

리베로도 두 주먹을 불끈 쥐고 벌떡 일어났습니다.

"말 다 했지? 그 찢어진 입으로?"

그때 할아버지가 오스카 앞을 막아섰습니다. 할아버지의 눈이 노여움에 이글거렸습니다.

"말리지 마세요. 저놈의 잘난 주둥이를 꿰매 버릴 테니까…."

할아버지가 말리자 오스카는 더욱 기승을 부렸습니다. 할아버지 어깨 너머로 주먹을 날릴 기세였습니다. 오스카의 그늘진 눈은 인상을 써도 표정이 잘 드러나지 않았지만 노란 얼굴이 붉으락푸르락 달아올랐습니다.

"내 주둥이 걱정하기 전에 그 아가리 단속부터 하시지?"

할아버지의 등 뒤에서 리베로가 깐죽거렸습니다. 오스카에게 겁먹지 않으려는 듯 리베로도 고개를 뒤로 삐딱하게 젖히며 시선을 내리깔았습니다. 입가에 야비한 미소를 흘리며 양발을 구르는 모습이 마치 링아나운서의 소개를 기다리는 권투선수 같았습니다.

"그만두지 못해!"

할아버지가 리베로를 가리키며 지팡이를 흔들어 댔습니다. 할아버지의 고함에 리베로가 발 구르기를 멈추었습니다.

"도대체 왜들 이래? 아무도 없이 혼자 있으면 좋을 것 같아서 이리 싸우는 거야? 같이 있으면 얼마나 같이 있을까? 영원히 이 안에 있을까 봐?"

리베로가 천정을 둘러보며 딴전을 부렸습니다.

"그리고 뭐? 포탄이 떨어진다고? 그래! 만에 하나 그렇게 된다고 치자. 그렇다면 더욱더 서로 믿고 의지해야지. 남에게 화풀이해야겠어?"

다시 할아버지가 오스카를 쏘아보았습니다. 오스카도 할아버지의 눈을 피해 바닥을 바라보며 딴청을 피웠습니다.

"그리고 해 내버리는 게 말인 줄 아나? 보이지 않고 손에 잡히지 않는다고 사라지는 줄 아나 본 데 그렇지 않아! 말은 말이야, 입에서 나오는 순간부터 돈처럼 멈추지 않고 돌아다녀. 함부로 내뱉은 말은 여기 가서 부딪치고 저기 가서 부딪쳐서, 남을 다치게 하고 죽이기도 하지. 그리고 끝나는 줄 알아? 결국은 되돌아와서 자신마저 치게 되지. 그런데도 너희들은 남을 죽이는 말을 벼리어 칼처럼 휘두르고 있어!"

할아버지는 말을 멈추었습니다. 그러고는 어금니를 물고 숨을 몰아쉬었습니다. 턱밑의 수염이 가느다랗게 떨리고 있었습니다.

"나는 너희들이 도란거리며 얘기하는 소리만 들어도 하루하루가 행복에 겨워. 즐거움과 행복은 처한 자리 어디에나 있어. 이 안에도. 너희의 자리에도. 그걸 잊고 살면 불행한 거야. 함께 있는 동안 우리는 가족인 거야. 서로 믿고 사랑해야 할…."

할아버지의 노여움은 이제 누그러졌습니다. 눈은 이윽히 창밖을 바라보았습니다.

"이제 3월인데 동장군이 얼마나 버티겠어? 잦힌 밥이 멀까! 날만 풀리면 멋지게들 차려입고 봄맞이를 나서야지. 오래 참은 뒤끝이니 다디달 거야."

잠시 침묵이 흘렀습니다.

"아아! 어서 멋진 옷을 입고 사람이 많은 거리에서 한껏 뽐내고 싶어."

바비걸이 두 손을 모으며 말하자, 곳곳에서 긴 한숨 소리가 들렸습니다.

"신사 숙녀 여러분!"

그때 보관대 위층에 있던 누군가가 힘찬 목소리로 외쳤습니다. 키다리였습니다. 키다리는 철 기둥을 잡고 빙글 한 바퀴를 돌면서 뛰어내렸습니다. 그러더니 공중제비를 돌기 시작했습니다. 한 바퀴. 두 바퀴. 세 바퀴째는 바닥을 짚지 않고 돌았습니다. 키다리의 날랜 동작에 보던 이들이 탄성을 질렀습니다. 어릿광대 복장의 키다리는 몸이 젓가락처럼 말랐습니다. 그런데 베게만 한 신발을 신고도 곤충 같은 몸놀림으로 공중제비를 돌았습니다. 마치 펑하고 연기로 변해서 사라져 버릴 것같이 가뿐하게 돌았습니다.

"왼쪽에는 흰 블라우스에 노란 스카프를 목에 두른 걸."

키다리는 착지와 동시에 손으로 왼쪽을 가리키며 링아나운서처럼 말했습니다.

"오른쪽에는 깃털 장식을 한 스토로우 햇을 쓰고 비치 원피스를 입은 걸. 가운데에는 우리 마네킹사 물류센터 안의 최고의 멋쟁이. 아이돌 스타. 블링맨!"

키다리가 손으로 블링맨을 가리키자 구석에 있던 블링맨이 쑥스러운 표정으로 손을 흔들어 답했습니다. 파란 눈동자가 흐릿한 어둠 속에서도 반짝거리며 빛이 났습니다. 블링맨은 유명 가수의 모양을 그대로 본떠서 만든 밀랍 인형입니다. 처음 그를 보았을 때 진짜 사람으로 혼동하지 않는 이가 없을 정도였습니다.

"머리에는 비니를 쓰고 몸에 착 들러붙는 청바지에, 셔츠의 윗 두 단추는 풀어 놓고 가슴에는 순금 체인 목걸이! 왼손에는 바쉐론 콘스탄틴 다이아 골드

시계! 오른 손목에는 은팔찌!"

- 바쉐론 콘스탄틴에 은팔찌는 도대체 무슨 조합이야?

1층 보관대 중간에서 듣고 있던 리베로가 옆에 있는 마네킹의 귀에 대고 소곤거렸습니다.

- 명품 밀수하다 수갑찬 걸 말하는 거겠지.

그 마네킹이 입을 비쭉거리며 장단을 맞추자 리베로는 한 손으로 얼굴을 가리고 킥킥거렸습니다.

"왼쪽 여자! 오른쪽 여자! 예쁜 여자애들은 블링맨의 멋진 패션 감각에 빠져 왼쪽으로 곁눈질! 오른쪽으로 곁눈질!"

키다리가 왼쪽 오른쪽으로 눈을 돌리더니 가운데로 눈을 모았습니다.

"그래서 그가 가는 곳 여자들은 모두 사팔눈이 되었다네!"

성악가 목소리를 흉내 내어 가락을 넣던 키다리가 판매 사원처럼 말투를 바꾸었습니다.

"남성복 매장에는 남자 마네킹만 필요하다? 당신도 별 볼 일 없는 사장님이군요. 성공하고 싶다고요? 그렇다면 이렇게 경기가 좋지 않은 때에 남들보다 한발 앞서가셔야죠. 방법이 뭐냐고요? 우리 회사의 가변형 안구가 장착된 마네킹을 들여놓는 겁니다. 이 마네킹으로 말씀드리자면 이름 그대로 눈이 돌아가는 마네킹입니다. 주인공 마네킹 쪽으로 눈동자가 자동으로 돌아간다 이 말씀입니다."

갑자기 성큼성큼 빠른 걸음을 옮기던 키다리가 리베로 앞에 이르러 딱 멈추었습니다. 옆에 있는 마네킹과 귓속말을 소곤거리던 리베로가 무엇을 하다 들킨 것처럼 흠칫 키다리를 올려다보았습니다. 키다리와 눈이 마주치자 리베로가 멋쩍게 웃었습니다. 하지만 키다리는 심각한 표정으로 리베로를 쏘아보았습니다. 그러더니 천천히 고개를 숙이며 리베로 얼굴을 뚫어지게 바라보았습니다. 마치 입이라도 맞출 듯이 키다리의 얼굴이 다가오자 리베로의 고개가 따라서 뒤로 밀렸습니다.

"무엇 하러 이런 골치 아픈 마네킹을 들여놓아야 하냐고요? 놀라는 표정의 마네킹을 가져다 방향만 틀어놓으면 되는데?"

키다리는 마치 리베로에게 질문하는 양 묻더니 고개를 좌우로 흔들었습니다. 리베로가 맥이 빠지는 듯 한숨을 내쉬며 어이없다는 표정을 지었습니다. 그러자 키다리가 뒤로 획 돌아서며 다시 물었습니다.

"아니면, 고개 정도만 돌리게 해도 되지 않느냐고요?"

그러고는 집게손가락을 치켜세우더니 아니라는 듯이 살랑살랑 흔들어 댔습니다.

"모르시는 말씀! 아무리 멋진 남자라고 하여도 자존심으로 죽고 사는 여자가 대놓고 쳐다봐서야…. 쯔쯔! 그런 케케묵은 사장님의 감각에 손님이 무얼 기대하겠습니까? 느끼게 하세요! 백 마디 설명이 0.1초의 느낌을 이기지 못하는 데에는 다 이유가 있는 겁니다. 그 손톱만큼의 차이에 대중이 움직인다는 걸 아셔야 성공하죠. 살짝궁…."

그러면서 곁눈질로 옆을 쳐다봤습니다.

"훔쳐봐야죠."

키다리는 혼자 묻고 대답하며 개그맨같이 말을 쏟아냈습니다. 온몸이 따로따로 놀았는데 손과 발은 물론이고 눈과 입 심지어는 코까지, 어느 한 군데 제 가끔 움직이지 않는 곳이 없었습니다. 목소리의 높낮이도 때로는 웅변가처럼 때로는 속삭이듯 그때그때 달랐습니다. 키다리의 움직임을 보고 있노라면 그의 말에 빠져들 지 않을 수 없었습니다. 보던 이들이 키다리의 설명에 고개를 끄덕이자 키다리는 손뼉을 치며 다시 모두의 눈길을 끌었습니다.

"그리고 더욱 놀라운 것은…."

키다리가 갑자기 눈을 동그랗게 뜨더니, 놀라지 말라고 양팔을 벌려 좌중을 다독였습니다. 모두 눈을 더욱 크게 뜨고 키다리를 바라보았습니다.

"이 가변형 안구가 장착된 마네킹은 좌·우·아래 어느 방향에 놓아도 가운데 있는 모델에 관심 둔다는 겁니다. 주인공 모델을 중심으로 왼쪽에 세워 놓은 모델은 오른쪽으로, 오른쪽에 세워 놓은 모델은 왼쪽으로, 기가 막힌 건 앉힌 모델은 위쪽으로 눈을 치켜뜬다는 거죠."

방향을 나타내는 말을 할 때마다 키다리는 그쪽으로 눈동자를 돌렸습니다.

"그럼, 위에 있는 모델은 아래로 보겠군요."

위층에 있는 누군가가 키다리를 향해 외쳤습니다.

"그건 안 됩니다!"

키다리는 손을 휘휘 저었습니다. 그러더니 고개를 젖혀 눈을 내리깔고 모두를 쳐다보았습니다.

"이렇게 내리뜨면 깔보는 거죠."

키다리가 눈을 내리깔고 통로를 왔다 갔다 했습니다. 뒷짐까지 지자 영락없이 거만한 태도였습니다.

"근데 왼쪽이든 오른쪽이든 눈이 돌아간다고 했는데, 그러면 쏘아 보는 거 잖아요."

리베로가 좌우로 눈을 돌리며 날카롭게 쏘아봤습니다.

"그러게요? 그리고 앉힌 모델이 눈을 위로 치켜뜨면 화난 표정 아닌가요? 이렇게…."

오스카는 눈의 흰자위가 드러나도록 치켜떴습니다. 입꼬리는 아래로 향하여 둔한 표정을 짓고 코는 성난 소의 콧구멍같이 벌렁거렸습니다. 하지만 튀어나온 눈썹 뼈 때문에 그렇지 않아도 잘 보이지 않던 그의 눈동자는 아예 눈두덩에 파묻혀 버렸습니다. 오스카가 고개를 돌리자 리베로가 흠칫 놀랐습니다. 황금색 얼굴에 눈동자 없는 흰 눈은 그야말로 기괴하기 짝이 없었기 때문입니다. 리베로의 놀란 표정에 오스카도 콧바람을 뿜으며 억지로 웃음을 참았습니다.

"역시, 세상을 삐딱하게 보지 않으면 도저히 생각해낼 수 없는 지적입니다."

키다리가 오스카와 리베로를 번갈아 보며 말했습니다. 오스카는 머쓱해서 어깨를 으쓱했습니다. 리베로도 오스카를 바라보고 입을 비쭉거렸습니다.

"설마 위대한 마네킹사가 그런 것쯤 확인해 보지 않는 바지저고리들만 있다고 생각하는 건 아니겠지요? 멋쟁이 모델 앞에 다소곳이 앉아 눈을 치켜뜨고 오스카처럼 들소 콧김 내뿜는 표정으로 있다고 생각해 보세요."

키다리가 코에 힘을 주며 벌름거렸습니다. 오스카보다 더 과장되게 이까지 악물었습니다.

"어휴! 화난 표정을 하려니 얼굴 근육에 마비가 오는 것 같군요."

키다리는 빠른 입놀림으로 얼굴 근육을 풀며 빙긋 웃었습니다.

"그래서 눈을 치켜뜰 때는 입을 동그랗게 오므리게 했죠. 이렇게."

키다리가 손으로 자신의 입을 가리켰습니다. 눈을 치켜뜨고 입 모양을 동그랗게 하니 정말 감탄하는 표정이 되었습니다.

"그런데 중요한 것은 좌우로 눈이 돌아갈 때는 위로 치켜뜰 때와는 다르게 입을 오므리지 않고 살짝 벌리기만 한다는 점입니다. 이렇게. 아! 하는 짧은 감동을 나타냅니다. 똑같으면 심심하죠. 각기 다른 느낌을 주는 겁니다."

간간이 들리던 웃음소리는 멈추었고 키다리를 바라보는 표정은 사뭇 진지해졌습니다. 그때 핑키걸이 손을 들었습니다.

"그런데 남자 모델의 눈은 어디로 향하는 거죠? 남자 마네킹의 눈은 고정인가요?"

"왜 그 질문이 안 나오나 했습니다. 항상 새로운 마네킹을 연구하는 첨단 마네킹사의 제품에 고정식 눈이란 없습니다!"

갑자기 키다리가 눈에 더욱 힘을 주며 주먹을 불끈 쥐었습니다.

"남자 모델의 눈은 어디로 향하느냐 하면…."

진지하던 키다리의 표정이 갑자기 무너져 내리더니 헤실헤실 웃기 시작했습니다. 갑작스럽게 표정을 바꾼 키다리의 태도에 핑키걸은 영문을 몰라 어안이 벙벙했습니다.

"여자 모델이 옷을 갈아입을 때면 사방으로 굴린다는 겁니다. 이렇게!"

키다리가 눈동자를 뱅글뱅글 돌리며 실없는 사람처럼 킬킬거렸습니다.

"어머! 말도 않되!"

여자 마네킹들이 모여 있는 곳에서 야유가 쏟아져 나왔습니다.

"그럼 남자 모델이 옷을 갈아입을 때면요?"

야유를 뚫고 핑키걸이 두 손을 모아 외쳤습니다.

키다리는 여전히 표정을 풀고 실실거렸습니다. 한술 더 떠 머리와 어깨까지 건들거렸습니다.

"낄낄! 눈을 감죠. 이렇게…."

키다리가 눈을 질끈 감아 보였습니다. 그러고는 말을 이었습니다.

"왜냐고? 민망하니까!"

우우!

모두가 일시에 야유를 퍼부었습니다. 키다리는 양손을 들어서 막으며, 야유에 밀리는 듯 주춤주춤 뒷걸음질을 쳤습니다. 그렇게 서너 걸음 물러나더니 뒤로 넘어지는 척하면서 공중제비를 돌았습니다. 사뿐사뿐 두 바퀴를 돌고 멈추어 선 곳은 MANEKING이 새겨진 문 앞이었습니다. 그곳에 이르자 키다리는 문을 올려다보며 양팔을 높이 쳐들고 외쳤습니다.

"이 글자가 둘로 갈라지는 그날을 위하여!"

기억

 키다리의 익살에 침울한 분위기는 걷혔습니다. 물류 센터 안은 시끌벅적했습니다. 삼삼오오 무리 지어 봄맞이 이야기에 바빴습니다. 계절에 앞서 가장 먼저 신상품을 입고, 의류 판매장에서 혹은 로데오 거리의 진열장에서, 한껏 멋을 부리고 도도하게 서 있는 상상은 아주 즐거운 일이었습니다. 그런 이야기를 할 때면 형형색색의 옷을 입은 사람들과 자동차가 다니는 번화한 거리가 눈망울에 비치는 것 같았습니다.

"경기가 좋을 때는 밤새 문이 열려있기도 했지. 작년 여름까지도 괜찮았어. 지게차는 분주히 드나들었고 센터 안은 웅성거림으로 가득 찼댔어. 직원들은 교대로 밤을 새웠지만 피로한 기색도 없었어. 없어서 못 판다는 소리가 들릴 정도로 그야말로 즐거운 비명을 질러댔다니까? 월급날이면 다들 두둑이 보너스를 받아 들고 집으로 돌아갔지."

할아버지가 한 무리의 젊은이들과 이야기하고 있었습니다.

"그때는 새로 들어온 친구들과 얼굴도 익히기 전에 헤어져야 했어. 다들 잘 있겠지."

"휴우! 우리보다야 못하겠습니까?"

누군가 한숨을 내쉬면서 할아버지의 말을 받았습니다.

"땅이 꺼지겠네. 젊은 친구가 한숨은?"

"이러다가 어디 떨이로 팔려나가는 것 아닐까요?"

"우리가 허수아비냐? 떨이로 나간다고 떨이 옷을 입게?"

리베로가 핀잔을 주었습니다.

할아버지가 물끄러미 리베로를 보며 고개를 끄덕였습니다.

"주목받는 삶이 우리들의 운명이야. 좋은 곳? 장사가 잘되는 곳에는 항상 웃음꽃이 피잖아? 가장 좋은 것은 그런 곳이지. 운이 없다면 장사가 잘되지 않아서 문을 닫는 곳일 텐데 그렇더라도 실망하지 마. 망해 나가는 가게에 있다가 다시 팔리더라도 새 주인은 더욱 정성을 다해서 닦고 제일 좋은 옷을 입힐 거 아냐? 기회는 정류장처럼 늘어 서 있지. 희망을 품을 때가 가장 행복한 거야. 나를 봐! 이 몸에도 비관하지 않고 있잖아?"

그렇게 말하는 할아버지 얼굴에는 쓸쓸함이 언뜻 비쳤습니다. 그러자 핑키걸이 눈치를 채고 손사래를 쳤습니다.

"그런데 할아버지는 나가셔도 언제나 밖에서 일해야 하잖아요? 그러니까 그렇게 미치광이 행인한테 봉변이나 당하죠. 아유! 고생스러워.”

핑키걸은 안쓰럽다는 표정을 지어 보였습니다.

“핑키걸이 이렇게 걱정해 주니 이 안에서 잔소리꾼 노릇이나 해야겠는데? 뒷방 늙은이에게 딱 어울리는 일인걸? 허허허!”

할아버지는 잠시 생각에 잠기다가 담담한 표정으로 말을 꺼냈습니다.

“와글거리는 아이들에 둘러싸여 있노라면 천국이 따로 없지.”

고개를 들어 망연히 천정을 바라보던 할아버지는 입가에 미소를 머금었습니다.

할아버지는 광고 캐릭터였습니다. 비가 오나 눈이 오나 치킨집 문 앞에서 할아버지는 늘 인자한 모습으로 사람들을 맞이했습니다. 바로 옆이 고궁이라 치킨집에서는 언제나 아이들을 볼 수가 있었습니다. 단체로 견학을 온 학생들이 하루 종일 끊이지 않았습니다. 삐악삐악 노란 병아리 떼 같이 유치원생들이 몰려오면 매장은 한 바탕 난리를 치렀습니다. 그럴 때는 주문을 받던 누나들이 토끼 머리띠를 하고 밖으로 나와서 아이들을 돌보았습니다. 음식을 흘리는 아이, 음료수를 쏟는 아이들에게 누나들은 언제나 웃으며 시중을 들었습니다. 뜨거워서 음식을 잡지 못하는 아이들은 일일이 포장지로 감싸서 챙겨주었습니다. 매장에서만큼은 아르바이트하는 누나들이 선생님이 되었습니다. 선생님 말씀을 듣지 않고 제멋대로 구는 건 초등학생들이 많았습니다. 그럴 때는 누나들 말도 잘 먹히지 않았습니다. 누나들은 다른 손님들에게 폐를 끼칠까 봐 안절부절못했습니다. 뜻이 맞지 않아 서로 티격태격할 때면 상대방의 꼬리를 물고 아르렁거리며 뒹구는 강아지 무리 같았습니다.

그에 비해 저희끼리 몰려오는 중고생들은 펄펄 뛰어다니는 망아지들 같았습니다. 여학생들은 재잘재잘 남학생들은 왁자지껄, 매장은 싱그러운 생동감이 넘쳐났습니다. 한 컵에 빨대를 두 개 꽂고 음료수를 마시는 연인들은 서로 부리를 비비는 사랑새 한 쌍 같았습니다. 사랑의 향기가 피어나 옆에서도 몸에 밸 것 같았습니다. 가족끼리 오붓하게 모여 있는 것을 보면 채송화 꽃밭이 생각 났습니다. 흰 꽃은 아빠, 붉은 꽃은 엄마, 분홍은 누나, 노랑은 동생. 알록달록 채송화가 도란도란 이야기하는 것 같았습니다. 이곳에서는 화를 내며 이야기하는 사람을 본 적이 없었습니다.

할아버지는 치킨에 대한 자부심이 대단했습니다. 잘 기른 토종닭에, 닭 껍질을 제거하고도 육즙이 빠지지 않게 튀김옷을 입혀서 기름이 아닌 공기로 튀겨내는 기술로, 건강에 관심이 있는 사람들에게도 인기가 좋았기 때문입니다. 치킨집은 늘 즐거움이 가득했습니다. 오고 가는 이들을 하나하나 바라보는 것만으로도 할아버지는 하루해가 짧게 느껴졌습니다.

그러던 어느 날이었습니다. 치킨집이 막 영업을 끝내려고 할 즈음이었습니다. 매장 안에는 직원들이 청소하느라 이리저리 바쁘게 움직이고 있었고, 계산대에서는 점장이 하루의 매상을 맞춰보고 있었습니다. 고궁의 돌담길을 따라 비척비척 걸어 내려오고 있는 젊은이가 할아버지의 눈에 띄었습니다. 깡마른 체구에 청색 작업복을 위아래로 입은 청년은 이미 고주망태가 되어 있었습니다. 할아버지는 그가 그냥 지나칠 줄 알았습니다. 그런데 얼핏 눈이 마주친 청년이 딱 걸음을 멈추는 게 아니겠습니까? 할아버지는 순간 좋지 않은 예감이 들었습니다. 술을 파는 곳이 아닐 바에야 청년이 도대체 이곳에 멈춰 설 이유가 없다고 생각했습니다. 무슨 말썽이 날까 조바심이 들었습니다. 청년은 할아버지를 물끄러미 쳐다보았습니다. 눈은 쑤어놓은 풀처럼 풀려있었고 입에서는 술 냄새가 술술 풍겼습니다. 원망과 슬픔이 한데 어우러진 눈망울은 점점 이글거리기 시작했습니다. 입은 씰룩거렸고 얼굴 한가득 비웃음을 지으며 콧방귀까지 뀌어댔습니다. 할아버지는 몹시 불안했습니다. 어서 빨리 매장 안으로 들어가고 싶었습니다. 하지만 아직 바닥 청소가 끝나지 않은 상태였습니다. 청소하는 직원들은 깔깔거리며 바깥에는 눈길도 주지 않았습니다.

「나더러 그만두라고? 이 돼지 같은 늙은이!」

청년은 혀 꼬부라진 소리로 고함을 지르며 할아버지에게 냅다 발길질을 해댔습니다. 하지만 할아버지도 쉽게 쓰러지지 않았습니다. 넘어지면 몸이 성치 못할 것이기 때문이었습니다. 점원들이 밖이 소란스러운 것을 깨닫고 막 나올 무렵이었습니다. 할아버지가 버티고 넘어가지 않자 청년은 아예 두 손으로 힘껏 할아버지를 밀쳤습니다. 아무리 술에 취한 사람이라도 젊은 사람이 용을 쓰는 데야 할아버지는 더 이상 버틸 재간이 없었습니다.

와장창!

눈앞에서 별이 번쩍하더니 정신이 아뜩했습니다. 할아버지는 회양목을 심어놓은 화단 쪽으로 속절없이 쓰러지고 말았습니다. 온몸으로 전달되는 심한 울림과 함께 할아버지는 왼쪽 귀 언저리가 터져나가는 통증을 느꼈습니다. 쏴 하며 바람 가르는 소리가 들려왔습니다. 옆으로 넘어지면서 화단의 돌난간 모서리에 머리를 부딪쳐 귀 부근이 깨져나갔습니다. 청년은 자빠진 할아버지 위로 뛰어올라 등을 찍어 내리고 어깨와 목덜미까지 밟아댔습니다. 모로 누운 할아버지의 눈에 산만하게 들락거리는 청년의 작업화가 보였습니다.

뒤축이 닳아빠진 신발에는 희뿌연 흙먼지가 덮여 있었습니다.

얼마간 시간이 흘렀을까? 어디선가 사이렌 소리가 들렸습니다. 저 멀리 교차로에서 파란 불빛 빨간 불빛이 번쩍번쩍하는 게 유리창에 비쳤습니다. 할아버지는 게슴츠레한 눈으로 바라보았습니다. 사이렌 소리는 점점 가까워져 오고 있었지만, 청년은 자리를 뜨지 않았습니다. 경찰차가 길가에 멈추어 섰습니다. 동시에 경찰관이 차 밖으로 튀어나왔습니다. 다른 경찰관도 운전석 문을 열고 나왔습니다. 여전히 청년은 누워 있는 할아버지를 짓밟아 대고 있었습니다. 경찰은 청년을 붙잡더니 팔을 뒤로 꺾어 수갑을 채웠습니다. 청년은 그제야 고래고래 소리를 질러댔습니다.

「이거 놔! 말처럼 부려먹더니 나가라고? 영감탱이! 돈 짊어지고 지옥에나 가 버려!」

청년이 경찰에 제압당하자 점장이 유리 문을 왈칵 열고 밖으로 나왔습니다.

「아니 이 사람이 종로에서 뺨 맞고 한강에서 화풀이한다더니, 왜 남의 가게에서 해코지야!」

점장은 눈을 부라리며 청년에게 삿대질했습니다. 청년은 아득바득하면서 경찰관에게 끌려갔습니다. 경찰관은 청년의 머리를 누르고 꾸겨 넣듯이 순찰차에 태웠습니다.

쯔쯔. 빨리 도망가지 않고….

할아버지는 정신이 가물가물했습니다. 부산스럽게 움직이는 직원들의 발 모습이 할아버지의 눈앞에서 어지러이 움직였습니다.

할아버지의 기억은 여기까지였습니다. 깨어났을 때는 마네킹사의 고객 지원

실이었습니다. 할아버지는 귀를 도려내고 나서 봉합 수술을 받았습니다. 귀 언저리에는 땜질한 자국이 도드라져 있었습니다. 왼쪽 귀는 더 이상 들리지 않았습니다. 아마도 천지가 개벽하지 않는 한 일터로 나가지 못할 것입니다. 일자리를 잃은 청년의 분노 때문에 할아버지도 일자리를 잃었습니다.

할아버지 목덜미의 새하얀 옷깃에 검은 색으로 SAMPLE이라고 찍혔습니다. 고객이 주문할 때 보여주는 본보기가 이제 할아버지의 역할입니다. SAMPLE은 할아버지에게는 평생 밖으로 나갈 수 없는 불도장이 되었습니다. 할아버지는 그렇게 남아돌았습니다. 정든 이들이 일터를 찾아 썰물처럼 센터를 떠나는 것을 할아버지는 셀 수 없이 지켜보아야만 했습니다. 새로운 터전을 찾아가는 이들이야 들뜨게 마련이지만 할아버지의 속이 그저 편할 수만은 없었습니다. 만남의 문이 열리면 얼굴이 발그레 해지다가도 이별의 문이 닫히면 어깨가 축 처지는 것은 도무지 어쩌지 못했습니다.

"너무 정 주지 마세요. 어차피 만나면 이별은 정해져 있는 거라고 늘 그러셨잖아요."

키다리는 할아버지가 애처로워 위로도 해보았습니다.

"늙으면 애가 된다더니 마음을 다잡아도 그게 잘 안되네. 힐힐!"

이별에는 이골이 날 만도 하건만 할아버지는 그렇지 않았습니다. 특히 재롱떨던 아이들과 헤어지고 나면 할아버지는 자리로 돌아가서는 머리를 집어넣은 자라처럼 웅숭그린 채 꿈쩍도 하지 않았습니다. 그저 닫힌 문을 하루 종일 멍하니 쳐다볼 뿐이었습니다. 그런 날은 어둡고 구석진 할아버지 자리가 납덩이로 채워져 있는 것 같았습니다. 그렇게 할아버지는 몇 년을 보냈습니다. 물류 센터 안에서 할아버지보다 오래된 이는 아무도 없었습니다. 들고 나는 마네킹들은 궁금한 것이 있으면 할아버지에게 먼저 물어보았습니다. 할아버지는 회사가 돌아가는 것까지 훤히 꿰뚫고 있었습니다. 키다리가 두 번째로 오래 있었지만 할아버지에 비할 만큼은 아닙니다.

키다리는 햄버거 가게의 마스코트입니다. 할아버지처럼 문 앞에서 어린이들을 즐겁게 해주는 것이지요. 하지만 할아버지가 다시 일터로 나갈 가능성이 거의 없는 데 비해서 키다리는 그렇지 않았습니다. 전국 방방곡곡 햄버거 가게가 문을 열었을 때 워낙 많은 마스코트가 한꺼번에 일터로 갔기 때문에, 회사에서는 혹시 모를 불상사에 대비하여 키다리를 남겨놓았습니다. 처음에는 곧이어 바로 일터로 나갈 수 있을 것이라 믿었지만 상황은 기대와는 다르게 돌아갔습니다. 그래도 키다리는 늘 싱글벙글했습니다. 키다리가 있어 창고 안은 항상 즐거웠습니다. 다른 이들은 그가 화를 낸 것을 본 적이 없었습니다. 그러다 못해 키다리가 물류 센터 안에서 지내는 것을 오히려 좋아하는 게 아닌가 하고 여길 정도였습니다.

"너는 이 안에 있는 게 좋으니?"

바비걸이 물었습니다.

"그래! 내가 봐도 체질인 것 같아."

오스카도 맞장구를 쳤습니다.

키다리는 피식 웃었습니다. 그러고는 코를 떼어 대답 대신 오스카를 향하여 코를 눌러댔습니다.

빵빵! 빵빵!

키다리는 두 번씩 끊어서 소리를 내었습니다.

"맞춰봐! 이 소리에 실은 내 말이 무엇인지…."

키다리가 되물었습니다.

"그래! 그래!"

오스카가 대답했습니다.

"맞아? 맞아?"

바비걸도 나섰습니다.

그때 리베로가 킥킥거리며 끼어들었습니다.

"아마도 닥쳐! 닥쳐! 일걸?"

키다리는 눈을 흘기며 리베로를 향해 더 세게 코를 눌러댔습니다. 코는 더욱 큰 소리로 울렸습니다.

빵빵! 빵빵!

그러자 리베로도 맞받아 더 큰 소리로 외쳤습니다.

"닥쳐! 닥쳐!"

모두가 깔깔거렸습니다.

"거봐! 똑같잖아!"

리베로가 당연하다는 듯 말했습니다.

"이 안에 오래 머물러 있는 것을 좋아하는 이는 아무도 없을 거야. 내색만 하지 않을 뿐이겠지."

할아버지가 키다리를 대신해서 거들었습니다.

"할아버지 말씀대로 나도 너희들과 똑같아."

키다리는 다시 코를 누르며 외쳤습니다.

"나는 너다!"

"거봐! 결국 뜻은 같은 거잖아! 여기 좋아서 있는 이가 누가 있어? 그런데 남

속도 모르고 체질이라고 하잖아? 그러니까 닥쳐닥쳐가 맞는 거지."

리베로가 따졌습니다.

"그러네? 뜻은…. 그래도 닥쳐는 너무했어!"

바비걸이 말했습니다. 그러자 키다리가 다시 코를 눌렀습니다.

"이번에는 뭔데?"

리베로가 물었습니다.

"너는 나다!"

키다리가 외쳤습니다. 그러더니 연이어 코를 눌러대며 구호처럼 외쳐댔습니다.

"우리 마음 모두 같다!"

코끝에 붙이는 동그란 가짜 코는 누르면 빵빵거리는 소리가 났습니다. 켜졌다 꺼졌다 불도 들어왔습니다. 모두가 자는 깜깜한 밤에도 키다리의 코는 등댓불같이 깜박깜박했습니다.

키다리의 코는 일곱 가지 색깔입니다. 빨강 주황 노랑 초록 파랑 쪽빛 그리고 보라색입니다. 코에 붙어 있는 것 말고도 키다리의 가슴에는 여섯 개의 코가 동그랗게 붙어 있습니다. 마치 여섯 색의 꽃송이를 다닥다닥 붙여 놓은 것 같았습니다. 키다리의 입술도 뗐다 붙였다 할 수 있습니다. 노란색 멜빵바지 안에 입고 있는 셔츠는 양말과 마찬가지로 색색의 줄무늬입니다. 양 팔의 줄무늬도 코처럼 뗐다 붙였다 할 수 있습니다. 뗀 입술은 팔뚝에 감아서 도로 붙여 놓게 되어 있습니다. 입술은 코 색깔에 맞추어 붙이는데 요일마다 색깔이 바뀌었습니다. 월요일은 보라, 화요일은 쪽빛, 수요일은 파랑…. 그렇게 키다리의 코와 입술의 색깔로 요일을 알 수 있었습니다. 그러고 보니 오늘은 일요일입니다. 키다리의 코와 입술이 빨갛습니다.

환영회

  찌이잉. 삐삐삐. 삐삐삐.

문에 전기가 들어오는 소리에 맞춰 문 열림 경보음이 바삐 울렸습니다.

"열린다!"

누군가의 외침과 함께 모든 이들의 시선이 일제히 문으로 쏠렸습니다.

덜컹! 키릭 키릭. 키릭 키릭.

일정한 간격으로 쇠바퀴 구르는 소리를 내며 서서히 문이 열렸습니다.

"누가 나가려나?"

바비걸이 초초하게 말했습니다.

"그럴 거야! 지난겨울 아무도 나가질 못했잖아. 이제 보관대에 더 이상 들어설 자리도 없다고."

핑키걸이 문에서 눈을 떼지 않으며 말을 받았습니다.

"아아! 이번에 나갔으면….

바비걸이 가슴에 손을 모으며 간절히 말했습니다.

활짝 열린 문밖으로는 서쪽 하늘이 붉게 물들어 있었습니다. 한 떼의 기러기가 V자를 그리며 석양을 가로질러 북쪽으로 날아가고 있었습니다.

잠시 후 지게차가 덜컹거리며 물류 센터 안으로 들어섰습니다. 보관대 앞까지 들어온 지게차는 팽이처럼 뱅그르 돌아 문을 향해 멈춰 섰습니다. 그러고는 마치 양팔을 벌린 듯 포크를 높이 쳐들었습니다. 지게차가 자리를 잡자 이내 트럭이 붕붕거리며 꽁무니부터 들어왔습니다. 적재함에는 세 짝의 나무상자가 실려 있었습니다. 상자 속의 마네킹은 나무판 사이로 흘끔흘끔 곁눈질해댔습니다. 그들의 눈은 매우 번뜩였는데, 흡사 우리에 가둬놓은 고릴라의 모습이었습니다. 트럭이 멈추고 적재함 문짝을 내리자 지게차는 나무상자를 내려놓았습니다. 직원들이 나무상자의 문을 열자 안에 있는 것의 정체가 확연히 드러났습니다. 민머리에 우뚝 버티고 서 있는 그들은 생판 낯선 모습이었습니다. 푸르스름한 회색빛이 도는 몸은 고무로 되어 있는 것 같이 윤기가 전혀 나지 않았습니다. 마치 마감하지 않은 반제품처럼 어디로 가야 할 마네킹인지 도무지 감을 잡을 수 없었습니다. 게다가 무게는 또 어찌나 무거운지 직원 세 명이 달라붙어 낑낑거리고서야 상자 밖으로 옮겨놓을 수 있었습니다. 하역작업이 모두 끝나자 트럭과 지게차는 나가버렸습니다. 직원들도 몸의 먼지를 털어내며 따라 나갔습니다. 이내 다시 경보음이 울리고 우렁

우렁 소리를 내면서 레일을 따라 문이 천천히 움직였습니다. 문이 닫히면서 물류 센터 안으로 벌러덩 드러누운 저녁 햇살도 부스스 일어나 나가기 시작했습니다. 문에 새겨놓은 MANEKING이 다시 만났습니다. 철커덩하고 문이 맞물리는 소리와 동시에 바비걸은 털썩 주저앉았습니다.

"아! 이럴 수는 없어."

넋이 나간 표정으로 한동안 문을 바라보던 바비걸은 이내 두 손으로 얼굴을 가리고 흐느꼈습니다.

"도대체 얼마 만에 열린 건데 이렇게 허무하게…."

바비걸을 굽어보던 리베로의 표정이 일그러졌습니다. 오스카의 그늘진 눈매도 축 처졌습니다. 다들 아무 말도 하지 않았습니다. 그저 바비걸을 구슬프게 바라보거나 천정을 올려다보며 한숨만 내쉴 뿐이었습니다. 희망의 문이 한순간 절망의 문으로 바뀌어 버렸습니다.

"어서들 오시게!"

서먹한 분위기를 깬 것은 할아버지였습니다. 할아버지가 보관대 앞으로 나오면서 새로 들어온 마네킹들을 맞이하였습니다. 그제야 할아버지를 따라서 곳곳에서 인사를 건네기 시작했습니다.

"안녕!"

"안녕…."

하지만 목소리는 여전히 풀이 죽어 있었습니다.

"아? 아? 안녕! 콜록! 콜록!"

새로 들어온 일행 중 하나가 더듬더듬 손 인사를 했습니다. 그런데 인사 끝에 골 기침을 해대는 통에 나머지 두 명은 쭈뼛거리며 손만 들어 올렸습니다.

콜록! 콜록!

인사를 마치며 시작한 기침은 점점 소리가 커졌습니다. 뮬류 센텨 안을 쩌렁쩌렁 울려대는 기침의 서슬에 그 무엇도 끼어들 겨를이 없었습니다. 그칠 것 같지 않게 한동안 울리던 기침이 가까스로 멎자 서먹한 분위기가 묵같이 엉겨들며 괴괴해져 갔습니다.

"뭐야? 왜 이렇게 숨이 막히지?"

보관대 위쪽에서 누군가 침묵을 깨뜨리고 외쳐댔습니다. 모두 소리 나는 곳으로 고개를 돌렸습니다. 소리를 지른 이는 보관대 기둥에 기대어 잠자코 내려다보던 키다리였습니다. 키다리는 팔짱을 풀고 2층에서 사뿐히 뛰어내렸습니다. 그러더니 연속적으로 공중제비를 돌기 시작했습니다. 한 바퀴, 두 바퀴, 세 바퀴를 돌아 문 앞에 다다랐습니다. 문 앞에 착지한 키다리는 쓰레기통 쪽으로 성큼성큼 걸어갔습니다. 쓰레기통 옆에 있는 음료수 상자에는 빈 병이 꽂혀 있었습니다. 키다리는 그곳에서 콜라병 세 개를 척척척 뽑아냈습니다. 그러더니 오른 손 들고 있는 콜라병의 병모가지를 잡고 삿대질해댔습니다.

"용서할 수 없다고 했지? 이런 분위기."

그렇게 말을 하고는 들고 있는 병을 돌리기 시작했습니다. 콜라병은 빙글빙글 돌았습니다. 떠오르다 가라앉다 마치 물 위를 솟구쳐 오르는 물고기 같았습니다. 몇 바퀴를 돌렸을까? 고른 높이에 맞춰 오르내리던 병 하나가 갑자기 높이 떠올랐습니다. 천장에 매달린 전등을 깨어버릴 기세로 빠르게 돌며 솟아오른 병은 가까스로 부딪히지 않고 다시 떨어졌습니다. 하필 그 때 키다리는 마네킹들과 눈을 맞추고 키득거리며 딴청을 피웠습니다.

"어어!"

키다리의 곡예를 보던 이들이 짧게 비명을 질렀습니다.

"앗!"

비명소리를 듣자 키다리는 외마디 소리를 지르며 허둥거렸습니다. 하지만 병은 키다리의 발등에 사뿐히 얹혔습니다. 구경하던 이들은 놀라움에 가슴을 쓸어내렸습니다. 키다리도 한숨을 쉬었습니다. 그렇지만 그 표정이 하도 능청스러워 키다리가 일부러 그랬다는 것쯤은 어렵지 않게 짐작할 수 있었습니다. 키다리는 발등 위의 병을 축구공을 올리듯 가볍게 들어 올렸습니다. 병은 다시 손으로 옮겨져 돌기 시작했습니다. 그리고 나서도 키다리는 가지가지 방법으로 병을 돌렸습니다. 겨드랑이 사이로 병을 던져 다시 앞으로 받기도 하고, 한쪽 다리를 들어 올리고 오금쟁이 사이로 병을 던져 올리기를 하며 온갖 재간을 부렸습니다. 키다리의 눈부신 솜씨에 모두 넋을 잃었습니다. 어느덧 심연 같았던 분위기는 공중에서 빙글거리는 병을 따라서 물결처럼 출렁거렸습니다. 한참을 그렇게 곡예를 부리던 키다리가 병 돌리기를 마쳤습니다.

"앵콜! 앵콜!"

키다리가 양손을 뒤로 젖히며 마술사의 인사로 마무리를 하자 모두 박자를 맞추며 앵콜을 외쳐댔습니다. 하지만 키다리는 별 반응없이 음료수 상자로 향했습니다. 그가 터벅터벅 걸어가는 동안에도 앙코르 요청은 멈추지 않았습니다. 음료수 상자에 묵묵히 병을 꼽아 나가던 키다리는 마지막 병을 꼽으면서 힐끗 마네킹들을 바라보았습니다.

"한 번 더?"

마침내 앙코르 요청에 반응을 보인 키다리는 허리를 펴고 코를 떼어내기 시작했습니다. 왼쪽 가슴에 커다란 꽃처럼 달려있던, 저마다 다른 색으로 된 여섯 개의 코였습니다. 코가 떨어져 나간 가슴에는 코를 붙이는 찍찍이만 동그랗게 남아 있었습니다. 키다리는 떼어낸 코를 양손에 나누어 잠시 조몰락대더니 보라색을 시작으로 코를 돌렸습니다. 병을 돌릴 때는 춤을 추듯 좌우로 8자를 그리며 돌렸는데, 코는 원을 그리며 한 방향으로 돌렸습니다. 키다리의 두 손은 그저 까딱거릴 뿐인데 여섯 개의 코는 쉴 새 없이 돌았습니다. 마치 무지개를 그리며 비행기의 프로펠러가 도는 것 같았습니다.

뿡 빵! 뿡 빵!

몇 바퀴쯤 돌았을까? 이제는 소리가 들리기 시작했습니다. 키다리가 손에 쥔 코를 쥐었다 풀었다 하자 코에서는 소리가 났습니다. 키다리는 박자에 맞춰 코로 소리를 냈습니다. 기침을 해대던 마네킹이 키다리 옆에서 넋을 놓고 바라보고 있었습니다. 헤벌린 입가에 고인 침이 흘러내리려 하고 있었습니다.

"어? 어? 파리 들어간다!"

키다리는 코를 돌리면서도 그의 입을 쏘아보며 외쳤습니다. 그제야 그가 움찔하며 침을 훔쳤습니다. 그 광경을 본 마네킹들은 자지러지게 웃어댔습니다.

쿵! 쿵! 쿵! 쿵!

키다리가 발을 굴러대기 시작했습니다. 그러자 일정하게 나던 코 울림소리에도 변화가 생겼습니다.

뿡 빵 뿡 빵! 뿡 빵 빵 뿡 빵 빵!

쿵쿵거리는 발소리는 코 울림소리에 맞춰 큰북처럼 장단을 맞추었습니다. 그 박자에 따라 모두 함께 손뼉을 쳤습니다. 색색의 코는 여섯 날개 팔랑개비처럼 쉬지 않고 돌았습니다. 박수 소리는 점점 커졌습니다. 갑자기 파란 코 하나가 회전하던 원에서 빠져나와 높이 튀어 올랐습니다. 나머지 코들도 뒤따라 튀어 올랐습니다. 천정에 닿을 듯 올랐다가 내려오는 코를 키다리는 후려치 듯 착착착 잡아냈습니다. 그렇게 코 돌리기가 끝나고 키다리는 가슴에 코를 도로 붙였습니다. 하지만 이번에도 여기저기에서 또다시 앙코르를 요구했습니다. 키다리는 윙크를 하며 사양의 의사 표시로 검지를 까딱거렸습니다. 그러고는 다시 음료수 상자로 다가갔습니다.

"앗싸! 앙코올!"

키다리는 음료수 상자에 손을 뻗치다가 누군가 홀로 외치는 소리에 멈칫하며 돌아보았습니다. 침까지 흘리며 넋 놓고 구경하던 새로 들어온 마네킹이었습니다.

"오래 계셔! 오래. 그러다 보면 많이 볼 수 있을지도 모르지."

키다리가 그를 빤히 바라보더니 콜라병 하나를 뽑아내면서 말했습니다.

"오래 있고 싶습니다!"

키다리의 말투에도 아랑곳하지 않고 그 마네킹은 다시 힘차게 외쳤습니다.

"오래 있고 싶다고요?"

키다리가 어이없어 하며 물었습니다.

"넵! 저글링을 배우고 싶습니다!"

"젠장! 나도 오래 있어야겠네."

키다리는 궁시렁대면서 병을 마이크 삼아 사회를 보기 시작했습니다.

"새로 오신 이분의 뜨거운 성원에도 불구하고 환영 공연은 이 정도로 하겠습니다. 든든한 제자가 생겼는데, 저는 웃어야 할지 울어야 할지 모르겠습니다.

먼저 새로 오신 세 분에게 환영의 박수를!"

박수는 사뭇 힘찼습니다. 새로 들어온 마네킹들은 고개를 크게 숙여 한꺼번에 인사를 했습니다. 볼은 발갛게 상기되어 있었습니다.

"마네킹사에서 또 특별한 동지들을 보낸 것 같은데 먼저 자기소개를…."

키다리가 눈썹이 진한 마네킹에게 콜라병을 들이댔습니다.

"처음 뵙겠습니다. 저는 구영오입니다."

"구영오? 구백오?"

그러자 그는 빙긋 웃으며 자기 가슴을 가리켰습니다. 가슴에는 군번표와 똑같은 모습으로 꼬리표가 걸려 있었습니다.

모델명 SPORTSMAN

개성 4A01 구영오

MADE IN DPRK

"여기 인식표에 이름이 새겨져 있군요. 구·영·오."

키다리는 고개를 끄덕거렸습니다.

"저글링을 배우고 싶은 우리 제자님은? 내가 이름을 맞춰볼까?"

키다리의 엉뚱한 물음에 그는 눈을 동그랗게 뜨고 호기심 어린 표정을 지었습니다.

"구영사 혹은 구영육."

그러자 그는 빙긋 웃으며 고개를 가로저었습니다.

"그럼 백 단위로 건너뛰나? 팔영오? 혹은 칠영오?"

키다리가 싱거운 소리를 해대자, 그는 아예 직접 자기소개를 시작했습니다.

"안녕하세요? 저는 읍달무입니다. 이곳에 오게 돼서 엄청 기뻐요."

"네? 뭐라고요? 달랑무? 달랑무는 총각김치 담그는 무인데?"

키다리가 알아듣지 못한 척하자 그는 다시 또박또박 큰 소리로 이름을 말했습니다.

"읍·달·무!"

그제야 키다리는 실눈을 뜨고 인식표를 확인했습니다.

"오호! 읍달무! 제자님은 아주 개성있는 이름이군요."

"네. 개성에는 있는 이름이에요."

"개성?"

"네! 개성에서 왔어요."

"아! 개성! 이거 말이 이상하게 엮이는군요."`

키다리가 당혹스럽게 웃었습니다.

"그런데 개성은 어떤 곳인가요?"

"네! 저를 만든 사람이 사는 곳입니다. 그 사람은 제 어깨에 손을 얹고 좋은 곳에 가길 바랬죠. 그래서 이렇게 엄청 좋은 곳에 온 거 같아요."

"아! 그렇군요. 외모와는 다르게 엄청 사랑스럽게 얘기하는군요."

키다리의 말투에 모두가 깔깔대고 웃었습니다.

"외모가 어때서요?"

읍달무가 천진한 표정으로 물었습니다.

"아주 건강해 보여서요. 몸무게가 꽤 나가는 것 같던데…."

"영 점 일 톤."

읍달무가 무덤덤하게 대답했습니다.

"영 점 일 톤? 톤이라고요? 백 킬로그램? 우와! 내 몸무게의 세 배가 넘네?"

키다리가 빨간 입을 쩍 벌리며 어이없어했습니다.

-괴물이군.

리베로가 고개를 가로저으며 중얼거렸습니다.

-로봇이 아니고서야 저런 무게의 마네킹이 왜 필요한 거지?

옆에 있던 오스카도 설레설레 고개를 저었습니다.

콜록! 콜록!

미처 고개를 돌리지 못하고 읍달무가 또다시 기침을 해댔습니다. 그러자 키다리는 호들갑스럽게 양팔로 기침을 막으며 얼굴을 돌렸습니다.

"에잉! 이렇게 속이 꽉 차고 튼튼하게 생긴 분도 감기에 걸리나?"

키다리가 과장되게 손으로 얼굴을 닦아 털어내는 시늉을 하며 한 걸음 뒤로 물러섰습니다.

"글쎄요. 안이 부실한가? 하하! 긴장을 좀 했나 봐요."

읍달무는 터져 나오려는 기침을 참으려고 안간힘을 썼습니다.

"어울리지 않게 긴장은? 또 기대되는 한 분의 이름은?"

마지막으로 눈초리가 매서운 마네킹에게 키다리가 물었습니다.

"네. 저는 추엉립입니다."

"네에! 역시 기대를 저버리지 않는군요. 추엉립 씨."

바비걸은 입을 틀어막으며 웃었고, 핑키걸은 코에 잔뜩 힘을 주고 웃음을 참느라 얼굴이 벌겋게 달아올랐습니다.

-뭐야! 저 촌스러운 이름의 퍼레이드는?

오스카가 리베로에게 귓속말로 소곤거렸습니다.

-경계를 넘어왔다잖아! 저쪽. 포 쏜 데.

리베로는 한 손으로 입이 보이지 않게 가리고 대답했습니다.

"우리 엉립이 엉아는 어디에 가고 싶은데? 외모로는 당최 감이 안 잡혀서."

키다리가 장난스럽게 물었습니다.

"저는 달무하고 다르게 하루빨리 이곳에서 나가고 싶습니다!"

추엉립이 야무지게 대답했습니다.

"그럼! 그럼! 알지 내가. 글쎄 나가야 한다니까? 달무 제자가 물정을 몰라서 그래요. 일없이 여기서 빈둥거리면 오히려 몸이 상해요. 그래 나가서 뭘 하고 싶어요?"

"예복을 입는 곳이요. 결혼식장 쇼윈도나 양복점 같은 곳. 옆에 예쁜 신부가 있고…. 생각만 해도 황홀할 것 같아요."

"우우!"

추엉립의 말에 야유가 흘러나왔습니다. 추엉립이 어리둥절 하자 구석에 있던 블링맨이 두 손을 입에 대고 외쳤습니다.

"모두의 꿈이랍니다!"

"내 꿈은 아니랍니다!"

키다리가 한 손을 입에 대고 블링맨에게 맞받아쳤습니다.

"키다리만 빼고!"

블링맨이 다시 손을 모으고 키다리에게 소리쳤습니다.

"보기와는 다르게 아주 세련된 꿈을 가지고 있네요?"

키다리가 다시 추엉립에게 물었습니다.

"아무래도 여기에 계시는 분들을 보니 그 자리는 내 차지가 되지 않을 것 같네요. 예복보다는 제복을 입는 곳도 멋질 것 같아요. 기념관이나 박물관 같은 곳. 그런 곳에는 신기하고 재미있는 게 많잖아요. 그런 데서 일했으면 좋겠어요."

"오! 품위를 추구하고 계시는 엉아. 이런데도 제자님은 그저 여기에서 나와 저글링이나 하는 게 꿈인가?"

키다리가 읍달무에게 물었습니다.

"절벽에 매달리고 싶어요."

입을 가리며 기침을 참고 있던 읍달무가 황급히 대답했습니다.

"절벽에 매달린다고?"

키다리가 선뜻 알아듣지 못하자 읍달무는 보관대 기둥에 철썩 매달렸습니다. 둥근 철제 기둥은 전봇대만큼 굵었지만 읍달무가 매달리자 창고 끝까지 이어진 보관대가 지진이 난것처럼 흔들거렸습니다. 보관대 위에서 한가롭게 내려다 보고 있던 마네킹들은 긴장한 얼굴로 서로 붙잡고 몸의 중심을 잡아대기에 바빴습니다.

"우리는 스포츠맨이에요. 힘찬 동작을 보여줘야 하는 곳이 우리들이 갈 곳이에요. 등산용품이나 스키, 골프숍 같은 곳이요. 기왕이면 근사하게 암벽에 붙어 있고 싶어요. 몸에 착 달라붙는 클라이밍 팬츠에 하네스를 착용하고 로프는 밑으로 하늘하늘 늘어져 있어요. 그리고 힘차게 다음 홀드를 향하여 손을 뻗는 동작을 해보는 거예요. 이렇게!"

읍달무가 위를 보고 왼손을 쭉 뻗었습니다. 어깨와 팔뚝의 근육이 씰룩거렸습니다. 또 다시 보관대가 크게 흔들렸고 그 위에 있던 마네킹들은 다시 한번

중심을 잡아야 했습니다.

"아! 멋지군요. 저글링 배우고 싶다기에 어릿광대 노릇을 하고 싶은 건 줄 알았는데…. 로프에 매달려 저글링을 하면 더욱 멋질 것 같기는 해요. 하하!"

읍달무는 멋쩍게 머리를 긁적였습니다.

"하지만…."

읍달무가 말을 이었습니다.

"셋이 함께 있을 수 있다면 어디라도 좋아요."

읍달무가 기침을 참으며 구영오를 바라보았습니다. 눈이 마주친 구영오가 잠시 머뭇거리다 입을 열었습니다.

"스포츠용품 판매장이나 전시장도 멋있기는 하지만, 갈 수만 있다면 저는 자연 속에서 평화로운 마음으로 지내는 게 꿈이에요. 호화롭지 않은 곳이라도 좋아요."

순간 들떠있던 분위기가 착 가라앉았습니다. 키다리도 진지한 표정으로 구영오를 빤히 쳐다보았습니다. 읍달무의 기침 소리가 다시 크게 울려 퍼졌습니다.

달마중

 창문 너머 보이는 바위산 비탈면에 휘영청 보름달이 얼굴을 내밀었습니다. 바위틈에 간신히 뿌리를 내린 소나무 한 그루가 보름달 안으로 들어가 있었습니다. 양쪽으로 팔 벌린 소나무 가지가 달의 눈썹처럼 보였습니다. 마치 달이 바위산 비탈면을 손으로 짚고 얼굴을 내밀어 수줍게 웃는 모습이었습니다. 달빛은 창문 그림자를 바닥에 누이고 물류 센터 안을 교교하게 비추었습니다.
"무슨 생각을 하시나?"
창문 그림자에 앉아 달마중하던 키다리가 화들짝 뒤를 돌아보았습니다. 구

영오였습니다.

"응! 달 빛이 하도 좋아서…."

키다리가 자리를 내주자 구영오가 그 옆에 나란히 앉았습니다.

"진짜 달 빛 좋다! 취할 만하네."

구영오가 달을 바라보며 말했습니다.

창문으로 쏟아져 들어온 달빛이 키다리를 뒤덮었습니다. 쇠창살의 그림자는 가로로 되어 있는 키다리 옷의 줄무늬를 세로로 질러놓아, 바둑판무늬로 바뀌어 놓았습니다. 둥그런 코는 떼어서 왼쪽 가슴의 코붙이에 붙여 놓았습니다. 코붙이에 일곱 번째 코가 들어서자 비로소 빈자리가 없이 꽉 찼습니다.

구영오는 키다리를 물끄러미 바라보았습니다. 광대 화장을 지운 키다리의 맨얼굴이 달빛에 그대로 드러나 보였습니다. 우스꽝스러운 모습은 사라지고, 굴곡진 얼굴에 달그림자가 짙게 드리워져 더없이 쓸쓸해 보였습니다. 늘 뒤로 빗어 넘긴 붉은 머리카락이 앞으로 늘어뜨려져 있었습니다.

구영오와 키다리는 달을 바라보며 한동안 말없이 앉아있었습니다.

"삐에로가 화장을 지우니 이렇게 청승맞은 모습이 되는군."

구영오가 창으로 시선을 돌리며 말을 건넸습니다.

"어허! 새내기답지 않게 불손하긴, 왕고참한테…."

달을 향한 시선을 떼지 않고 키다리가 대꾸했습니다.

"첫날 우리를 맞을 때도 그랬지만, 며칠 보고 느낀 건데 여기 분위기가 썩 좋은 것 같지는 않아."

구영오가 말했습니다.

"썩 나쁘지."

키다리가 시들하게 대답했습니다. 구영오가 키다리를 돌아보았습니다. 키다리는 구영오의 시선을 의식한 듯 말을 이었습니다.

"누군들 좋겠어? 이 음침한 곳에서 하릴없이 세월을 보낸다는 게. 다들 신경이 날카로워져 있지. 가뜩이나 경기가 좋지 않았던 터에 전쟁까지 났으니. 나나 할아버지야 그렇다지만 여기 들어온 마네킹이 이렇게 오랫동안 함께 머물러 있었던 적이 없었어. 그나마 어느 때부터는 창고 문이 아예 열릴 기미조차 없자 다들 공황 상태에 빠져버렸지. 한번은 모두가 함께 울부짖는데 그때는 별 쇼를 해도 먹히질 않더라고. 집단 히스테리라고나 할까? 이성이라곤 남아 있지 않은 광신도 집단같이. 분위기가 썩 좋지 않다고? 네가 보는 현재의 모습은 그래도 많이 좋아진 편이야. 하긴 이제 슬슬 내성이 생겨날 때도 되었지."

키다리가 쏟아내던 말을 멈추었습니다. 항상 밝고 열정적인 키다리답지 않게 오늘은 말끝마다 가시가 박혔습니다. 구영오는 그런 키다리가 화장을 지운 모습만큼이나 낯설었습니다. 구영오는 평소와 다른 키다리의 태도가 혼란스러웠습니다.

"그래서?"

키다리를 향한 시선을 떼지 않고 구영오가 물었습니다.

"뭘 그래서야? 무슨 얘기가 듣고 싶은데? 나도 이곳에서 걸핏하면 짜증을 부리고 싸움을 일삼는 자들과 하루하루를 보내려니 답답하고 짜증이 난다고."

키다리가 담담하게 대답했습니다. 짜증이 난다며 오히려 흥분하지 않는 키다리의 말투가 더없이 차게 느껴졌습니다. 구영오는 키다리를 의아스럽게 쳐다보았습니다.

"왜? 어울리지 않는 것 같아서? 눈을 보니 그렇게 묻는 것 같군."

키다리는 달을 바라보며 말을 이었습니다.

"그래! 나도 마음속에 맺힌 말을 뱉어내야겠어. 그러지 않으면 속이 터져버릴 것 같아서!"

키다리는 조금 전의 태도에서 벗어나 몹시 흥분해 있었습니다.

"늘 즐거워하니까 여기 체질이라고 하더군. 누군가는 그걸 진지하게 묻기까지 하더라고."

키다리가 피식 찬웃음을 지었습니다.

"지들처럼 징징거리지 않으니 모르는 거지. 속이 편해서 웃는 줄 알아? 편해지려고 웃는 건데. 이런 곳에 갇혀 있으면 힘들지 않은 이가 어디 있겠어? 단지 내색만 하지 않을 뿐이지. 그래봤자 서로 좋을 게 없잖아. 하루하루가 더 지겨울 뿐이지. 좋을 때는 사이가 한없이 좋다가 나쁠 때면 더 나빠지는 자발없는 습성, 이제 질렸어."

키다리가 한 숨을 크게 내쉬었습니다. 구영오는 키다리를 향한 시선을 거두어 창으로 돌렸습니다.

"휴우! 그럭저럭 계절이 네 번이나 바뀌었어. 이제는 시끌벅적한 곳에서 나도 존재 이유를 느끼고 싶어."

키다리가 토하듯 한숨을 내쉬었습니다.

"여기도 시끌벅적하잖아."

구영오가 웃으며 말했습니다.

"여긴 아귀다툼이고."

키다리는 웃지 않고 말을 받았습니다.

잠시 침묵이 흘렀습니다. 구영오가 입을 열었습니다.

"존재 이유라고 했던가? 너에게 그 이유가 넘치도록 있는 곳이 어쩌면 여기가 아닐까?"

키다리가 고개를 돌려 구영오를 쳐다보았습니다. 구영오도 고개를 돌려 키다리와 눈을 마주쳤습니다. 구영오가 빤히 쳐다보자 키다리가 입가에 어색한 미소를 지었습니다.

"서운한가? 아귀다툼하는 곳을 오히려 있을 곳이라니까? 분위기 메이커. 정작 너를 가장 절실하게 필요로 하는 곳은 바로 여기가 아닐까 해서 해본 말이야. 존재의 이유를 대게는 화려하고 유명한 것에서 찾더군. 필요한 곳에서 소임을 다할 수 있다면 그것이 최선 아닐까?"

"여기는 미움의 터전이야. 아니라는 거야?"

키다리가 물었습니다.

"이곳에서 너는 그것을 삭이며 꿀벌처럼 부지런히 사랑을 채워 넣더군. 각자의 마음속에는 이미 네가 채워 넣은 사랑이 자리하고 있을 거야. 언젠가는 그 향기가 밖으로 스며 나오겠지. 오래 있진 않았지만 모두가 너를 좋아하는 것 같더군. 어차피 이곳을 나가게 되더라도 너를 먼저 떠나게 하고 싶지는 않다면서…."

"그런 이기주의가 어딨어? 이제는 염증이 나. 내가 힘들면 남도 힘든 거야."

"자신만을 생각하는 것과는 좀 다른 것 같아. 두렵기 때문이지. 누군가 센 자한테 기대어 가고 싶은 거야. 그 이상도 이하도 아닐 거야."

키다리는 별 반응을 하지 않았습니다. 구영오가 계속 말을 이었습니다.

"사랑은 그저 주는 거라잖아. 주는 게 좋으니 주는 거고. 주자면 어차피 받는 대상이 있는 건데 그걸 이기적이라고 생각한다면 그게 진정 사랑일까? 마음이 없는 사랑은 미움의 다른 형태에 불과한 것이 아닐까? 그저 속으로라도 인정해주면 족한 거지."

"주긴 뭘…. 그래! 네 말대로 따지고 보면 나 좋아서 하는 일인데…."

키다리가 한숨을 깊게 내쉬었습니다.

"그래! 저들은 감사의 표시로 그런 말을 하는 거야. 표현이 서툰 거지. 감사의 뜻을 알면 그만인 거야. 속없는 말에 너무 힘겨워하지 마."

"할아버지가 그랬어. 말이 눈에 보이지 않는다고 입 밖으로 나오면 없어지는 줄 아는데 그렇지 않다고. 말은 일단 입에서 떠나면 어떤 식으로건 남아 세상이라는 바다에 떠다닌다는 거야. 그렇게 떠다니다가 여기 가서 부딪히고 저기 가서 부딪혀 폭발한다는 거야. 그래서 누군가의 의욕을 꺾거나 소망을 앗아가기도 해서, 결국 남의 삶을 파괴한다는 거야. 세상에서 벌어지는 무수한 잘못된 일들은 모두 말로부터 비롯된 거래. 그런데도 아무렇지도 않게 말을 해버려. 여기에도 말 폭탄 제조자들이 많아. 귓등으로 들어버리면 그만이라고 생각하면서도 자꾸 말 폭탄에 맞으면 힘들어지더라고."

구영오가 할아버지가 있는 쪽을 돌아다 봤습니다. 깜깜한데다 먼발치라 보이지는 않았지만 늘 비스듬히 벽에 기대고 있는 할아버지가 듣고 있을 것만 같았습니다. 하지만 모두가 잠이 들은 듯 아무런 기척이 없었습니다.

"말 폭탄이라…. 우습지 않아? 말 폭탄이 진짜 폭탄이 되는 게? 인간들 말이야."

구영오가 키다리를 돌아보며 웃었습니다. 하지만 키다리는 여전히 표정을 풀지 않고 말을 이었습니다.

"걸핏하면 싸우려 들고…. 할아버지와 내가 나서지 않으면 그야말로 깍두기 판이라니까?"

키다리가 눈을 부릅뜨며 구영오를 돌아보았습니다. 잠시 잔잔해진 얼굴에 다시 노기가 일렁였습니다.

"남에게 기대는 평화는 오래갈 수 없다는 것을 몰라서 그래. 생각이 게으른 거야. 그러니 잔바람에도 크게 흔들리는 거지."

구영오가 키다리의 눈을 똑바로 바라보며 말했습니다. 잠시 아무 말 없던 키다리가 구영오의 눈길을 피하면서 입을 열었습니다.

"절망적이긴 하지. 요즘 같아선."

"절망하면 싸움을 걸지 않아."

구영오도 키다리에게 눈길을 떼며 말했습니다.

"힘들군. 싸움질로 희망을 찾는 이들과 함께한다는 게."

키다리가 고개를 떨구었습니다.

"평화는 모두의 힘이 모여서 이루어진다고 생각하지 않아. 나와 생각이 다른 남은 항상 존재하게 마련이라 그런 날은 오지 않지. 각자의 의지가 한데 모여서 평화가 이루어지는 것이 아니라 그 각자에 의해 이루어지는 거지. 즉, 평화를 이룩하는 것은 나만 투철한 의지를 갖추고 있으면 되는 거야. 네가 지금 하는 것처럼. 평화바이러스는 전염성이 강하지. 키다리 바이러스는 전염이 될 거야. 하하! 너와 접촉한 자들은 모두 다 보균자일걸?"

구영오가 키다리를 보고 찡긋 웃었습니다. 키다리는 그런 구영오를 물끄러미 보더니 이내 눈을 질끈 감고 세차게 머리를 흔들어 댔습니다.

"아! 그래도 현재는 너무 힘겨워."

구영오는 더 이상 키다리를 위로하지 않았습니다. 말과 싸움에 염증이 난 키다리에게 갑자기 생각을 바꾸라는 것은 억지일 것입니다. 키다리도 남들과 다를 바 없을 것입니다. 오늘 본 키다리의 낯선 모습도 의구심을 품고 있기 때문일 것입니다. 열심히 해봐도 출구가 나타나지 않을 것 같은 불안함, 보람이 결국 헛되이 사라질 것 같은 초조함…. 그렇게 생각하니 키다리의 옆모습이 더없이 쓸쓸해 보였습니다. 하지만 거기에서 나오는 것은 온전히 키다리의 몫입니다. 키다리는 헤쳐 나올 것입니다. 키다리의 타고난 품성이 누구를 미워할 수 없는 성격이기 때문입니다. 내일 아침이면 날은 다시 밝을 것이고 키다리는 여느 때처럼 굳건히 단장하고 나설 것입니다. 구영오는 그렇게 믿었습니다.

어느새 보름달이 바위산 뒤에서 영차하고 나왔습니다. 달은 소나무 가지 끝에 걸렸습니다.

"소나무가 달을 붙잡는군. 들려? 가지 마! 그러잖아."

침묵이 어색한 듯 구영오가 애써 밝은 목소리로 말을 건넸습니다.

"썰렁하군."

키다리가 심드렁하게 대답했습니다.

"너는 여기서 달 같은 존재야."

"민망하군."

잠시 서로 아무 말이 없었습니다. 그러는 사이 달은 소나무 끝을 벗어나서 둥실 떠올랐습니다. 달이 조금 높이 떠오르며 약간 작아졌습니다. 길게 누웠던 창문 그림자도 짧아졌습니다. 구영오가 창문 그림자를 따라 뭉그적뭉그적 앞으로 옮겨 앉았습니다. 키다리도 따라서 자리를 옮겼습니다. 둘은 서로 어깨가 닿도록 앉았습니다.

"보름달을 보고 소원을 빌면 이루어진다는데?"

키다리가 어깨로 구영오를 툭 치며 말했습니다.

"후후! 소원?"

"그래! 한 번 진지하게 빌어 보지? 자연에 파묻혀 있는 게 꿈이라며?"

"뭘 파묻히기까지…. 일을 해야지 파묻히면 되나?"

구영오가 주먹을 불끈 쥐어 올리며 짐짓 비장한 표정으로 말했습니다.

"그나저나 초호화 기능으로 무장한 너희들은 누구보다도 화려한 곳에 갈 텐데 그런 곳이 별로 내키지 않는 모양이지?"

키다리가 구영오의 어깨를 만지며 물었습니다.

"달을 보라니까 가리키는 손을 보는 식이네?"

구영오가 손을 들어 달을 가리켰습니다. 키다리가 빙긋 웃었습니다. 구영오도 따라서 웃으며 말을 이었습니다.

"다들 그렇게 묻기 좋아하더군. 좋기 아니면 싫기. 세상은 좋지도 싫지도 않고, 좋으면서도 싫거나 싫으면서도 좋은 것이 대부분인데도…. 굳이 화려한 곳보다는 평온한 곳이었으면 좋겠다는 뜻이야."

"어디가 있을까? 자연 속에서 값비싼 마네킹이 활약할 곳이. 공원 마스코트? 명승지 캐릭터? 자연 속의 마네킹이라면 허수아비가 딱인데. 참새하고 놀고…."

키다리가 턱을 괴며 구영오를 바라보았습니다.

"으하하! 허수아비? 그거 정말 매력 있는데?"

구영오가 활짝 웃었습니다.

"그런데 허수아비 노릇을 하기에는 워낙 오버 스펙이라⋯."

키다리도 같이 웃었습니다. 구영오가 잠시 머뭇거리다가 말을 꺼냈습니다.

"한참 동안 우리 셋이 있었더니 정이 들었어. 그래서 어디든 함께 갔으면 좋겠어. 그런데 지금으로써는⋯. 그건 그저 새벽꿈처럼 허망하기 짝이 없는 바람일 것 같아."

구영오가 한숨을 쉬었습니다. 조금 전까지 키다리를 위로하던 야무진 눈망울은 헤실바실 허물어져 가고 있었습니다.

"왜에? 너희는 신제품인 데다가 값도 만만치 않아 웬만한 규모의 매장에서는 데려다 쓰지 못할 것 같은데? 그런 면에서 보면 함께 가는 게 그리 어려운 일만은 아닐 것 같은데?"

"때가 때인지라 너무 막연한 희망 같아서."

"그렇지 않아! 있는 것도 내다 팔아야 하는 지금 같은 때, 새 제품을 적극적으로 홍보를 할 여력이 있는 곳은 그나마 큰 회사들뿐이야. 아무리 불경기라도 TV 광고는 여전히 나오잖아. 소규모 상인들이 투자는커녕 현재의 어려움을 넘기기 급급할 때 외려 그들은 이런 때를 기회로 여겨 전쟁이 끝날 때를 대비할걸? 너희 같은 마네킹은 세상천지에 처음 시도되는 제품이기 때문에 얼마간 독점적으로 고객의 시선을 붙잡아 둘 수 있지. 마치 갓 출시된 신형차를 처음 탔을 때 주목을 받는 거 있잖아. 그렇다면 네가 기대하는 게 그렇게 막연한 것만은 아니라는 거지. 두고 봐! 어디로 가느냐는 문제만 남았지, 네가 바라는 대로 가는 건 함께 가게 될 거야."

이번에는 키다리가 확신에 찬 목소리로 힘주어 말했습니다.

"그렇게만 된다면 얼마나 좋을까?"

"간다니까?"

"갔으면 벌써 갔어야 할 텐데…. 우리를 개발하자마자 전쟁이 터졌어. 미리 받은 주문은 다 취소되었고 거래는 모두 끊어졌어. 더구나 왔다갔다 하기도 쉽지 않은 상황이라 회사가 몹시 어려워졌어. 우리를 차에 실을 때 직원들이 하는 얘길 들었지. 영업부에서 숱한 접촉을 했지만 도입을 꺼린다고. 네 말대로 우리를 선점해서 제품 자체의 성능으로 광고효과를 톡톡히 누릴 수 있는 것은 의심하지 않지만, 자칫 그게 발목을 잡을 수도 있다는 거야."

"무슨 소리야? 발목을 잡힌다는 게?"

키다리가 이해할 수 없다는 듯이 물었습니다.

"때가 때인지라 우리를 북쪽에서 개발했다는 것이 문제가 되는 모양이야. 가뜩이나 사이가 좋지 않은 데 북쪽에서 개발한 제품을 써서 시선을 사로잡는다는 게 자칫 구설수에 오를 수 있어 지금으로써는 꺼려진다는 거야. 생각해 봐. 적국이야. 전시에 적국에서 만든 첨단 마네킹으로 제품의 홍보를 한다? 앞뒤가 안 맞는 것 같지 않아? 사이가 좋을 때면 몰라도…. 게다가 이미 불경기가 파다한 마당에 전쟁까지 터져 큰 회사들조차 꿈쩍도 하지 않는대."

키다리는 매우 당혹스러웠습니다. 거기까지는 미처 생각하지 못했기 때문입니다.

"휴우! 이해할 수 없어. 평화를 바란다며 서로 으르렁대는 것은…."

키다리가 고개를 절레절레 저었습니다.

"동화같이 살면 그런 일이 없을 텐데…."

달을 바라보는 구영오의 눈동자가 그리움으로 더욱 깊어졌습니다.

"동화처럼 산다?"

"그래! 나를 만든 사람이 자주 하던 얘기야."

"너를 만든 사람?"

"응! 내 이름과 똑같은 사람."

"아 참! 거기에서는 어땠어? 그쪽 얘기 좀 들려줘."

탄생

「이제 생명을 불어넣어야디.」

「기거이 무슨 말입네까? 야덜한테 생명을 집어넣자고 하셨습네까?」

「기래. 뼈대 작업을 끝냈으니끼니 안에다 심장을 달자우. 심장에다 각자 바라는 걸 한 마디씩 새겨 넣으면 야덜이 생명을 개지고 살아나 우리 바람대로 하게 되는 기야.」

「작업반장 동무! 그건 주술이잖소. 그런 미신은 타파의 대상 아니오?」

「미신이라니? 내가 이걸 빚어서 숭배하자고 했나?」

「아니, 동무가 이 몸틀이 살아난다니 어쩌니 하는 멍청이 같은 말을 해대서리,..」

「추 주임 기렇게 안 봤는데 왜 이케 고지식해. 바라는 마음을 담아 보자는 게지. 추 주임도 몸틀에다 야덜 야덜 하면서…. 종당은 같은 기야.」

「저야 몸틀이 사람처럼 생겨서리 기런 거고, 소원을 담자는 말입네까?」

「기래! 인간은 희망이 없이 살아갈 수가 없어. 추 주임도 희망을 품고 여기에 온 거이 아니야? 요사이 북남 관계가 자꾸 꼬여가는데 이러다가 잘못되면 우리가 여기서 해보자던 바람도 물거품이 되는 기야. 나는 처자식에 노모까지 일곱이야. 천신만고 끝에 여기에 왔는데 야덜이 잘 팔려야 하지 않갔서? 북도 남도 잘돼야 우리도 매일 웃게 되지 않갔서?」

「에이! 기렇다고 이루어지겠습네까?」

「기럼! 내레 확신하지.」

「주임 동무! 예술가들이 작품에 표시하는 것처럼 개발자들도 자신들만 알게 감쪽같이 제품 어딘가에 기념 표시를 한다누만. 반장 동무도 기런 거 아니까?」

「아니야! 읍 동무! 농이 아니야. 기런 속된 욕망하고는 다른 거이야. 이거이 순수한 마음이야. 간절히 바라면 꼭 이루어진다는 거이 진짜야. 내레 평양에서 여기 소식을 처음 접했을 때 가슴벽이 울렸어. 인생의 갈래길을 맞이하고픈 바람이 있었디. 대동강 몸틀 제작소에서는 나이가 들었다고 더 이상 만드는 일을 하지 말라더군. 앉아서 사무를 보려니 이건 내 일이 아니다 싶었어. 매일 그 일이 그 일이고 새로울 게 없는 나날의 연속이었지. 좀이 쑤시다 못해 왜 사나 하는 생각마저 들었어야. 그저 장인은 만들어야 하는데. 뉘기 뭐라 해도 나는 작품을 빚는다고 생각하면서 일했었서. 그러다가 여기에 지원을 했어. 그러고는 매일 마음속으로 소원했지. 아마 수 십 번씩 했을 기야. 나는 간다, 나는 간다 하고. 기래서 결국 여기에 오게 됐디. 곡절도 많아서야. 나이가 많다고 면접관이 기러기에 내래 힘도 기술도 최고라고 웃통을 벗고 팔씨름하자고 했어야.」

「기랬더니요?」

「젊은 그 면접관도 당찼어야. 처음에는 뜨직해 하더니 인차 입씨름보다 팔씨름이 낫겠다고 한 판 하자더군. 팔씨름으로 면접 본 건 자기도 처음이라고.」

「이겼시니까?」

「이 동무는? 하나 마나 한 소리를…. 이겼으니까 우리하고 이렇게 실갱이를 하고 있디 않아? 무우나 다름없는 반장 동무 팔뚝 보면 모르네?」

「면접관 팔뚝도 만만치 않았어. 양복을 벗는데 기골이 장대했댔어. 나중에 알았지만 배구 선수 출신이라더군. 손아구 힘이 일반 사람 같지가 않더라구. 기런데 시작 소리가 끝나기 무섭게 재꼈어. 팔씨름은 힘을 모은 뒤에 순간적으로 선 손을 걸어야하는 게 요령이디. 이겼어도 종당에는 탈락할 줄 알았어! 그게 어디 강짜를 부려서 될 일이간? 목록에 이름이 있는 것을 확인하고는 어찌나 눈물이 나오던지….」

「기랬군요.」

「팔씨름으로 따낸 자리라…. 반장 동무가 력사적인 일을 해냈시다.」

「나도 길케 생각한다우. 하하!」

「기나저나 작업 지시서에는 없는데….」

「이 제품은 어차피 본보기야! 작업 지시서 얼굴 부분에 제각각 우리 얼굴 사진을 붙인 이유도 기런 차원이야. 우리 세 명이 최대한 주체적으로 하는 기야! 생명을 불어넣는 것도 재량 아니갔어?」

「일종의 우리 분신이라는 겁네까?」

「이제야 말귀를 알아듣는구먼. 내 얼굴로 나갈 바에는 내 마음도 담겠다 이기야.」

「기런데 사진을 보면 반장 동무 얼굴이 아닙네다.」

「기러게? 남의 얼굴에 어디 마음이 담기겠시까?」

「뭐이 어드래? 남의 얼굴이라니? 야야! 이거이 내 젊었을 때 모습이야!」

「이거이 어케 같은 사람이란 말입네까?」

「기렇지? 조선 영화 제작소 인민배우 얼굴을 개져온 기야.」

「이 동무들 칭찬이야? 욕이야? 몸틀을 중년의 모습으로 나타낼 수는 없디 않아?」

「기래두. 너무했다. 남의 얼굴에다가. 자기 마음을 담으래 놓고….」

「이 동무 자꾸 놀리기야? 하루해가 다 가겠어. 날래날래 빚자우!」

「빚습네다.」

「빚시다.」

「물론 윗선에서는 모르는 게 좋겠지만…. 쓸데없는 짓 한다고 말 나올 기야. 이건 우리만의 비밀이라우.」

「알갔습네다.」

「몸통이 움직일 때 충격을 빨아들일 튐성이 있어야 하니끼니 무른질 우레딴에….」

「심장처럼 말랑말랑 하게 하려면 늘임강도가 좋은 씰리콘이 낫지 않갔시오?」

「안과 밖이 많이 다르면 충격군기가 떨어질 수 있어! 우레딴으로 하자우!」

「심장이 무르면 몸틀이 오래 억배기지 못한다는 말입네까? 히히!」

「이 동무래? 심장이 꽉차고 튼튼해야 오래 사는 거 모르네? 」

「반장 동무가 어린애 같은 데가 있는 줄을 몰랐습네다.」

「전쟁이 왜 나는 줄 알간? 어린애 같은 마음을 잃었기 때문이야. 어른이 되어서도 동화를 마음에 품으면 죽고 죽이는 전쟁 따윈 날일이 없는 기야. 여기 붉은색 착색제하고 경화제 개져오라우!」

「동생이 최전연 해안포대에 근무하고 있시요. 남조선하고 두 번이나 해전을 치른 곳이 코 앞이요. 얼마 있으면 제대하는데 또 그기서 전쟁의 조짐이 돌아 마음이 한 줌만 해지이다. 부모님도 없으시고 우리 형제만 남았는데.」

「읍동무 기운내라우! 설마 전쟁이 나갔서? 이렇게 매일 서로 왔다 갔다 하는데?」

「여기만으로는 아직은 작아. 호상 간에 가치가 적다고 생각할 수 있디. 이런게 서로 얽히고설키면 전쟁 따위는 일어나지 않을 텐데….」

「기럴까요?」

「전쟁은 서로 믿지 못해서 나는 기야. 장사는 신용이니끼니 장사를 하면 전쟁이 나지 않는기야. 아니! 기거이 촉진제구. 옆에 있는 거! 통을 뒤로 돌려봐! 경화제라고 써있으니끼니.」

「기런 세상이 오까요?」

「이미 왔디않아! 바로 여기. 얼마 전까지만 하더라도 이 정도도 생각도 할 수 없는 일이였서야. 경화제는 정확히 반만 섞으라우!」

「기런데 지금은 북남관계가 살얼음판을 걷는 거 같시다.」

「죽이지 않으면 죽기로 60년을 살아왔는데 하루아침에 신원이 되갔어? 사이좋게 지내자고해도 앞으로 넉넉히 60년 쯤은 마음에 품어야 하디 않갔서? 자! 이제 착색제 부우라우!」

「60년….」

「이 동무 왜 이리 낙담하고 이래. 한 60일 만에 해치우고 싶어서리? 살밭은 60년이 적대적으로 지낸 60년 보다 났디 않갔서?」

「기래도 답답합네다.」

「첫술에 배부르갔어? 다지고 또 다지고 가야 후과가 덜한 기야. 장사속으로 얘기하면 천천히 가더라도 기거이 더 남는 게디. 하하!」

「장사의 이치를 셈하는 거 보니까네 반장 동무는 자본주의에서도 잘 살아 갈 것 같시다.」

「야야! 기딴 소리 말라우! 몸틀에 심장이나 만들어 달자는 분이 뭘 잘살겠소. 어린 아이 같아서리, 남의 말 믿다가니 매일 사기나 맞지.」

「응? 하하하! 추 주임 말이 맞아! 나는 장사 체질이 아냐. 고저 만드는 것을 좋아하는 걸 보면 모르간?」

「통일되도 걱정이야요. 반장 동무처럼 공화국 인민들이 순진해서리 자본주의 애들한테 휘둘림을 당할겁네다.」

「그렇시다. 통일에는 두 가지가 있시요. 서로 다른 두 개가 만나 하나가 되는 통일과, 지금은 둘이지만 애초에 하나였기 때문에 하나로 되는 통일이요. 처음부터 하나였던 통일이 서로 다른 두 개가 만나는 것보다 훨씬 나을 것이라고 생각했시다. 기런데….」

「기런데?」

「지금은 북과 남이 애초에 서로 달랐던 것보다 나을 게 없다는 생각이….」

「어드러케?」

「남조선 아이들은 개인주의잖소. 자기의 이익이 먼저인. 우리는 함께하는 것을 더 우선하는 사회주의고. 그렇게 철저히 다른 것 같시다. 생각도 바라는 꿈도….」

「바라는 꿈? 읍 동무가 바라는 건 뭐인데? 거기에 읍 동무 자신이 바라는 것은 없네?」

「왜 없겠시까? 나도 잘살고 조국도 잘되는….」

「기래! 기거야! 거기에는 북과 남, 인민이나 정부나 다른 거 하나도 없어야!」

「남측 직원들과 얘기하다 보면 생각하는 것부터 다르더이다. 약아빠져 가지구서내. 우리가 모든 것을 당의 방침에 따르고 또 그것이 모두에게 이익이 된다고 생각하는데 갸덜은 정부를 믿지 않고 모든 것을 자기식대로 판단허더이다. 거기서는 정부가 집값이 너무 올라 위험하니 사지 말라고 하면 더 산대매요? 기래야 돈을 많이 벌 수 있대나? 다들 돈의 화신 같시다. 통일 통일 하지만 통일이 되면 우리는 쟤들 머슴 산다고 추 주임도….」

「민하게 굴지 말라우! 동무들은 젊어서 눈꼴이 시면 견디질 못해. 쟤들끼리 뭘하든 관심끄고 자기 몫이나 간수하라우. 호상간에 이익을 내고 살다가 떨어져 사는거이 말째면 통일을 하든지 말든지 셈해 보면 되는 기야. 기래서 머슴을 살지 않아도 되는 기야!」

「반장 동무야말로 장사꾼이 다 된 것 같습네다. 장마당에 매대 한 번 펼쳐보시라요. 기거이 훨씬 돈을 많이 벌 것 같습네다.」

「글쎄, 반장 동무는 생각만 기렇대니까!」

「인민의 생각이 게으르면 통일이 오갔어?」

「인민이 생각을 해야 통일이 온다는 겁네까?」

「암! 기런 뜻에서 나는 심장에 '통일'이라는 말을 새겨 넣갔서. 동무들도 가장 바라는 구호를 하나씩 생각해보라우!」

「저는 '평화'가 좋갔시오. 통일보다 평화가 더 중하다고 생각합네다. 평화가 이루어지면 통일은 자연히 될 것 같지만 통일이 바로 평화를 개져다 주진 않을 것 같아서요.」

「길티. 평화통일이라는 말처럼 평화가 앞선다? 기럼 추 주임은 평화로 하라우! 어이! 읍 동무는?」

「저는 '믿음'으로 하겠시다. 반장 동무가 장사는 믿음으로 하는 거라고 했듯이 서로 믿지 못해서 그 동안 으르렁거리며 살지 않았겠시까? 믿음이 없이는 평화도 통일도 다 부질없는 거요.」

「기렇군. 믿음이 있어야 평화가 오고 통일도 되는 기지. 둏구먼….」

「자자! 빛자우! 우리 민족의 이익을 위하여!」

「반장님 그 '위하여!'는 회식할 때 남조선 사장이 술잔 들고 하는 거이 아닙네까?」

「기니까. 이런 걸 기념하려면 술이 있어야 제격인데?」

「이 동무들 근무 중에 술 마시자는 기야?」

「저번에 야근 끝나고 먹다 남은 거 챙겨 놓은 게 있단 말입네다.」

「어허! 이 동무들 대낮부터….」

「반장 동무도 새 가슴 마냥…. 누가 먹고 취하자는 것도 아니고….」

「이것도 비록 우리끼리지만 민족 단결의 시작 아닙니까?」

「어드레? 민족 단결?」

「여기 읍 동무. 일단 조선 사람하고 만주족부터.」

「추 동무 말이 들어맞시다. 낮술 한잔에 나무가 석 짐이라는 우리 만족 속담이...」

「별 구실을 다 대는구만.」

「헤헤」

「좋다우 개져 오라우! 민족 단결이라는데 한잔 술이 없어서야.」

「역시 반장 동무는 마음도 잘생겼시다!」

「후라이까지 말라우!」

「정말이요!」

「목덜미에 벌레 기어 다니나? 왜 이케 그니럽지?」

「저도 읍 동무처럼 기렇게 생각해 왔시오.」

「아 아 알았드레. 알았드레. 비행기 태워도 딱 한 잔 씩이야.」

「잔 여기 있시다.」

「아니? 이거이 너무 크잖아.」

「작업 로동자의 잔은 원래 됫빡잔이요.」

「눈금 표시도 있고 참 좋습네다!」

「기렇다고 1키로짜리를...」

「기분만 키로로 내고 술은 백그람이요.」

「하하 백이면 충분하지.」

「충분까지는 아니요.」

「기레기레. 알았서. 일 마치고 더 합세. 자! 마시자우!」

「위하여!」

「반장 동무 주장대로 우리의 땀 한 방울이 서로의 이익에 들어맞고 통일의 한 걸음이 된다니끼니 일할 맛 납네다!」

「어어! 이 동무, 고작 한 잔 먹고 취한 기야? 기런데 읍 동무! 너무 크게 빚는 거 아니야?」

「믿음에 대한 기대가 커서 그렇시다!」

「기렇다구 기렇게 크게 빚으면 이질성이 커져 제품의 강성에 문제가 생길 수 있어야.」

「워낙 무름성이 좋아서 능동자재로 꾸부리는데 심장이 커도 일없을겁네다. 계속 오달차게 쌔리대지만 않는다면…. 」

「비싼 몸틀 개져다가 누가 간단없이 답새기디야 않갔지만 기래두 너무 크디 않아?」

「일없시다.」

「읍 동무! 반장 동무 말대로 기렇게 허턱대고 믿다가니 믿는 도끼에 발등 찍히는 수가 있어.」

「믿음은 커야 하는 거지. 게다가 우리 얼굴로 나가는 기념비적 창작물인데 기왕이면 듬뿍 담아 봅시다.」

「기럼 드팀없이 넣으라우. 나 보구 어린이같다고 해 놓구선 동무가 한술 더 뜨는 거이 알아? 만족 동무들이 본래 어수룩한 모양이디?」

「자꾸 만족이라고 하지 마씨오! 같은 조선 사람끼리.」

「이 동무 발끈하긴? 누가 조선 사람 아니라고 했나?」

「통일을 말하는 반장님이 가르는 말을 하는 것 같아서이….」

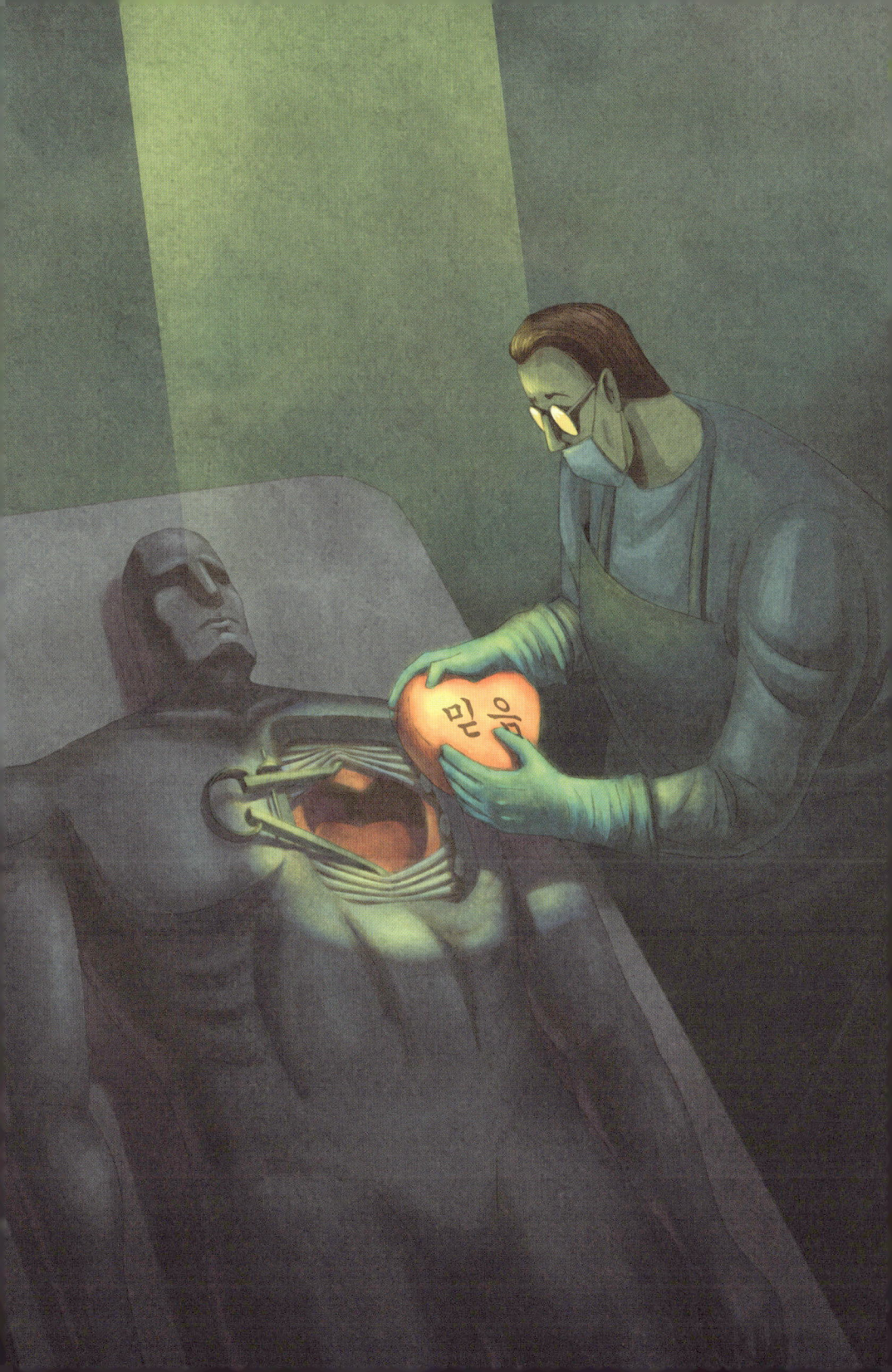

「롱말이었는데…. 오해 말라우! 서거웠다면 미안하우다.」

「뭐 사과하실 것까진 없시다.」

「아냐! 내래 인정한다우. 입장에 따라서는 서겁게 들릴 수도 있다는 것을 여살피지 못한 것은 내 불찰이라우.」

「반장님도 참. 넘기면 그만인 것을 정색을 하십네까? 열적게.」

「아냐! 추 동무! 내가 실수 한기야. 말이나 행동을 하기 전에 생각했어야 했는데, 내래 짧았어. 작은 실수라도 사과는 곧바로 해야지. 남 줄 사과를 아끼면 결국 썩어서 못 먹게 되잖아? 때맞춰 써먹어야지 아낄 게 아니지.」

「하하! 사과는 감춰두면 안 되는 겁네까?」

「사과를 아끼면 전쟁인 게지.」

「기렇지! 읍 동무가 정곡을 알고 있구만 기래.」

「나어려서버텀 강심살이를 하면 제김에 알게 되오.」

「기래? 읍 동무 고생줴기로구먼. 초년고생은 은주고 산다고 하더니 기래서 이치가 트였구먼. 믿음이 모자란 세상이라 고생을 많이 한 기야. 자자! 다 빚었으면 새기자구. 읍 동무의 믿음!」

「반장 동무도 통일!」

「나는 평화!」

발발

    구영오는 튀어나온 암벽에 대롱대롱 매달려 있었습니다. 몸에 착 달라붙는 바지를 입고 민소매의 어깨에는 밧줄 다발을 걸었습니다. 하네스에는 하켄, 카라비너, 돼지코 등 암벽을 오르내릴 때 쓰는 장비가 주렁주렁 달려있었습니다. 고개를 돌리자 행사장이 한눈에 들어왔습니다. 무대에서는 추엉립이 두 손을 머리 위로 올려 맞잡거나, 허리에 손등을 갖다 대면서 육체미 자세를 취해보고 있었습니다.

'경축 세계 최초 가변형 마네킹 출시!'

무대 위에는 새로운 마네킹 출시를 기념하는 펼침막이 걸려 있었습니다. 펼침막 끝부분에는 읍달무가 천정에서 내려온 달비계에 앉아있었습니다. 읍달무는 한 손에 페인트 통을 들고 다른 손에는 붓을 들고 있었습니다. 느낌표 끝에 붓을 대고 있는 읍달무가 마치 펼침막 안의 글씨를 쓰는 것 같았습니다. 구영오가 휘파람을 휘익 불었습니다. 읍달무가 구영오를 돌아보았습니다. 구영오가 씨익 웃으며 엄지손가락을 치켜세우자 읍달무는 인상을 찌푸렸습니다.

"왜? 멋진데?"

구영오가 소리쳤습니다.

"그네비계에 걸터앉은 로프공이 멋지면 암벽에 매달린 너는 멋이 철철 넘쳐서 흐르겠다."

읍달무가 노여워하며 구영오의 말을 되받아쳤습니다.

"사람들이 제일 재미있어 할 것 같은데?"

추엉립이 위를 올려다보며 거들었습니다. 팬티만 입은 채 드러난 추엉립의 윗몸은 팔뚝이며 가슴 근육이 울룩불룩 두드러져 있었습니다.

"밑에서 쳐다보면 쭈그리고 앉아있는 내 엉덩이밖에 더 보겠어? 나도 너희들처럼 멋들어진 모습을 하고 싶었단 말이야. 꼬락서니가 이게 뭐람? 옷에는 페인트가 잔뜩 묻어 있고…. 왜 장난꾸러기 같이 야구 모자는 거꾸로 씌워 놓은 거야?"

읍달무는 울상을 지으며 푸념했습니다.

"야! 그러면 로프공이 헌팅캡을 쓰면 멋있겠냐?"

추엉립이 눈을 부릅뜨며 나무라듯 말했습니다.

"구영오는 멋진 두건이라도 쓰고 있잖아!"

"푸하핫! 맞다. 거기에 두건을 쓰면 딱 어울리겠는데? 아니, 두건보다는 수건을 뒤집어쓰는 게 더 어울릴 것 같은데?"

추엉립이 깔깔거리며 놀려댔습니다.

"너 말 다 했어? 네가 여기 나가서도 그 팬티 바람으로 있을 것 같아?"

읍달무가 눈을 치켜뜨며 쏘아붙였습니다.

"왜? 무대에서 어깨에 힘주고 있는 게 샘이 나냐? 그런데 나도 빤스 체질은 아니거든?"

"그래! 달무야! 여기는 우리의 능력에 대한 시범만 보이는 자리일 뿐이잖아. 이제 제대로 된 일거리가 우리를 기다릴 거야."

구영오가 미소를 지으며 말했습니다.

그때 삐걱하고 행사장의 문이 열렸습니다. 열린 문으로 바깥의 환한 빛이 쏟아져 들어왔습니다. 빛과 함께 사람들이 삼삼오오 들어왔습니다. 얼마 지나지 않아 행사장 원탁에는 빈자리가 없이 사람들로 꽉 찼습니다. 무대 위로 사회자가 올라가자 행사장 안의 불빛이 천천히 흐려지기 시작했습니다. 옆에 앉은 사람의 윤곽만 보일 정도로 어두워지자 떵떵떵 소리를 내며 조명이 켜졌습니다. 조명은 구영오와 추엉립, 읍달무를 집중해서 비추었습니다. 이내 '버터플라이 왈츠'가 흘러나오기 시작했습니다. 음악 소리는 감미롭게 행사장 안에 퍼졌습니다. 어디선가 멋쟁이나비 한 마리가 날아들었습니다. 나비는 읍달무를 비추고 있는 빛기둥 안을 팔랑팔랑 날아다녔습니다. 마치 음악에 맞춰 날아다니는 것 같았습니다. 조명 빛에 샛노란 나비의 날개가 흡사 불을 켠 듯 환하게 반짝였습니다. 사람들의 시선도 나비를 따라 갔습니다. 나비는 나붓나붓 위로 올라가더니 달비계에 앉아있는 읍달무 주변을 맴돌았습니다. 잠시 읍달무의 얼굴 위를 나부끼던 나비가 느낌표를 올려다보고 있는 읍달무의 콧잔등에 내려앉았습니다. 살포시 날개를 접었다 폈다하던 멋쟁이 나비는 아예 날개를 접더니 콧잔등에 자리를 잡았습니다. 그제야 사회자가 마이크를 켰습니다.

「자신의 왈츠에 심취한 나비 같습니다. 꽃보다 음악일까요?」

사람들의 잔잔한 웃음소리가 행사장 안에 울려 퍼졌습니다.

「여기는 조선민주주의 인민공화국의 개성공단입니다. 대한민국의 개성공단이기도 하죠. 바쁘신 와중에도 저희 마네킹사의 제품발표회장을 찾아 주신 장내 내외 귀빈 여러분께 깊은 감사를 드립니다. 지금부터 저희 회사의 신제품 발표회를 진행하겠습니다. 탁자 위에 마련된 팝콘을 드시면서 영화를 보듯 즐기십시오.」

사회자의 말이 끝나자 반쯤 열려있던 무대막이 완전히 개방되고 동시에 배경막마저 열렸습니다. 막이 열리면서 드러난 스크린에는 올림픽 픽토그램의 사람 아이콘들이 하나하나 달려 나오면서 글자로 변해갔습니다. 텀블링을 이어가며 등장한 체조 픽토그램은 착지하는 순간 S자로, 달려나오다가 도움닫기를 하며 뛰어오른 넓이뛰기 픽토그램은 P자로, 앞차기 옆차기 뒤돌려차기를 하며 등장한 태권도 픽토그램에서는 이단옆차기를 하며 O자를 만들었습니다. 마라톤을 완주하며 만세를 부르는 픽토그램이 N자로 변하는 것을 끝으로 화면 가득히 'SPORTSMAN'이라는 영문이 완성되어 깜박이고 있었습니다.

「스포츠맨은 저희 마네킹사가 세계 최초로 개발한 가변형 마네킹입니다. 말 그대로 용도에 맞게 마네킹의 동작을 자유자재로 바꿀 수 있습니다. 스포트

라이트를 받는 마네킹을 보십시오. 만약에 저런 형태로 주문 생산하려면 비용이 많이 들겠죠? 그런데 다른 모습으로 바꾸고 싶다면? 당연히 다시 주문해야죠. 하지만 저희 스포츠맨은 다릅니다. 저기 암벽 타는 마네킹을 보세요. 오늘은 준비 동작, 내일은 확보, 모레는 정상 정복, 아하! 때로는 하켄이 빠져 위험한 상황을 연출해 보는 것도 재미있을 것 같습니다. 골프로 넘어가 볼까요? 역동적인 드라이브에서 신중한 퍼팅까지, 원하는 때에 원하는 대로 변화를 줄 수 있습니다. 계절별로, 매일매일, 시시각각 마네킹의 모습이 변한다고 생각해 보십시오. 고객의 시선을 붙잡는데 사활이 걸린 시장에서 이미 게임은 끝난 겁니다. 마네킹이 어떻게 로봇처럼 움직일 수 있는가? 또 과연 어디까지 가능한지 속 시원히 그 원리를 공개해 드리겠습니다.」

사회자는 추엉립의 뒤에서 바지를 추스르며 쪼그리고 앉았습니다. 화면에는 'SPORTSMAN'이 사라지고 '형상기억 가공단계'라는 글자가 해체되었다 뭉쳤다를 반복하고 있었습니다.

「왼발 뒤꿈치의 뚜껑을 열면 플러그가 나타납니다. 여기에 전기를 꽂고 리모콘을 '해리'에 맞춰 놓습니다.」

사회자는 바지춤에 걸려 있던 조종기를 빼어 들고 초콜릿 색 단추를 눌렀습니다.

「이제 이 마네킹은 해리 단계에 접어들었습니다. 쉬운 말로 가공하기 좋게 풀린다는 거죠. 보세요! 마네킹이 고무찰흙처럼 말랑말랑해지고 있죠? 이렇게 육체미 동작에 이어 이제 두 번째 동작을 만들어 보겠습니다.」

기술자 세 명이 나와 추엉립을 기단에 앉혔습니다. 그들은 익숙한 동작으로 추엉립의 팔을 들어 턱에 받혀 놓고 등을 누르고 하더니 로댕의 조각상 '생각하는 사람'을 그럴싸하게 흉내 내어 놓았습니다.

「이 '생각하는 사람'을 2번으로 맞추어 놓았습니다. 이제 이 마네킹은 상온에서 강직 현상이 일어나 형태안정 단계가 됩니다. 즉, 이 모습으로 굳어졌기 때문에 내버려 두면 영원히 생각만 한다는 거죠. 아까 보신 모습이 보디빌더의 자세였는데 '생각하는 사람'이 생각 끝에 얻은 결론이 무엇인가 보겠습니다. 리모콘을 1번으로···.」

사회자가 조종기를 누르자 추엉립이 서서히 일어나더니 가슴과 팔뚝의 근육이 드러나게 양팔을 치켜올렸습니다. 그 광경을 보자 사람들은 입을 쩍 벌리며 놀라워했습니다.

「네! 생각 끝에 내린 결론은 '내 러닝셔츠가 어디 있을까?'가 아닌 몸짱 자랑이었군요!」

장내에서는 웃음소리와 함께 박수가 터져 나왔습니다.

「간단하게 설명해드리겠습니다. 이 마네킹은 형상기억 프레임, 형상기억 코일 그리고 형상기억 수지로 이루어져 있습니다. 인간의 몸처럼 프레임은 뼈대이고, 코일은 근육 노릇을 하며, 수지는 살이 되겠죠. 그런데 저희 형상기억 소재의 결합체는 말 그대로 연출한 동작을 기억한다는 겁니다. 즉, 기억 온도에 이르면 마네킹 안에 촘촘히 짜져 있는 수 백 가닥의 형상기억 코일과 프레임에 고주파를 발생시켜, 뼈대를 감싸고 있는 수지로 전달됩니다. 이렇게 성형 조건 온도에 도달하면 처음 기억시킨 모습으로 되돌아갑니다. 이게 핵심 원리죠. 이 마네킹은 한 번 작업에 총 7개의 모습을 기억할 수 있는데요. 한번만 세팅해 놓고 리모콘만 조작하면 그 동작으로 빠르게 변형됩니다. 저희가 미리 만들어 본 동작을 화면을 통해서 확인해 보시겠습니다.」

화면에는 스키 점프를 하는 구영오, 골프채를 휘두르는 추엉립, 산악 오토바이를 타고 앞바퀴를 들고 있는 읍달무의 모습 등 미리 갈무리한 장면이 일정한 시간 간격으로 바뀌어 갔습니다.

「이 마네킹들은 지난 반년 동안 북측의 숙련된 기술자들이 실패를 반복하며 피를 말리는 작업을 한 결과물입니다. 남쪽의 자본과 기술, 북쪽의 숙련된 노동이 한데 어우러진다면 우리는 세계 시장에 최고의 제품을 내놓을 수 있다는 확신을 이 프로젝트를 진행하면서 가질 수 있었습니다. 여러분도 오늘 우리 마네킹 사에서 북측 기술자들의 땀과 노력이 녹아 들어간 결정체들을 보고 그날이 멀지 않았음을 느끼실 수 있었을 것입니다.」

그때였습니다. 행사장 뒤편의 방음문이 열리더니 검정 양복을 입은 사람이 들어왔습니다. 그는 다급하게 원탁 사이를 가로질러 무대 앞쪽에 있는 귀빈석으로 향했습니다. 양손 엄지로 턱을 괴고 화면에 집중하던 통일부 장관은 다른 사람들보다 늦게 상황을 깨닫고 굼뜬 동작으로 고개를 돌렸습니다. 장관에게 다가간 그는 한 손으로 입을 가리고 귀엣말을 전했습니다. 고개를 비스듬히 하고 마뜩찮은 표정으로 귀속말을 듣던 장관은 불에 데인 듯 흠칫 놀라며 고개를 들었습니다. 사람들의 시선이 쏠렸지만 그는 아랑곳없이 자리에서 일어나 허둥지둥 밖으로 나갔습니다. 장관에게 말을 전한 사람은 곧장 무대앞까지 가서 입에 양손을 모으고 사회자에게 소근거렸습니다. 그가 전하는 말을 알아차린 순간, 사회자의 얼굴에는 핏기가 싹 가셨습니다. 펼침막을 아뜩하게 올려다본 사회자의 표정에는 절망감이 한가득 배어있었습니다. 빠르게 변한 그의 낯빛에 사람들은 큰 일이 난 것을 직감하고 수런거리기 시작했습니다.

「전쟁이 터졌다!」

그러던 중 무대 앞쪽에 앉아있던 사람이 벌떡 일어나며 외쳤습니다. 그가 용수철처럼 일어서는 바람에 의자는 뒤로 넘어가 버렸고, 원탁 위에 팝콘통이 자빠지면서 팝콘이 와수수 바닥에 쏟아져 내렸습니다. 의자가 넘어가는 요란한 소리를 신호탄으로 사람들도 여기저기 자리에서 일어나기 시작했습니다.

「여러분 진정하세요! 개성공단은 절대로 안전한 곳입니다!」

뒤늦게 표정을 추스른 사회자가 다급히 외쳤습니다. 하지만 사람들은 사회자의 호소에도 아랑곳하지 않고 서둘러 행사장을 빠져나갔습니다. 읍달무의 콧잔등에 앉은 나비가 다시 날아올랐습니다. 코를 옴찔옴찔하면서 사팔눈으로 나비를 바라보던 읍달무의 눈이 다시 풀렸습니다. 사람들이 빠져나간 출구에는 늦은 아침의 햇빛이 쏟아져 들어오고 있었습니다. 나비는 그 빛을 따라서 팔랑팔랑 날아가 버렸습니다. 읍달무가 나비가 날아간 자리를 아쉽게 바라보았습니다.

안개

　밤사이 먼 바다에서는 불빛이 번쩍거렸습니다. 섬광이 있고 난 후에는 우르릉 쿵쿵거리는 소리가 뒤이었습니다. 적들의 군함이 바다에서 함포사격을 하는 것입니다. 희붐하게 새벽이 밝아오면서부터는 해무가 덮이기 시작했습니다. 안개는 섬도 감싸고 군함도 감싸고 대포도 감쌌습니다. 모든 것이 안개 벽에 갇혀버렸습니다. 세상이 안개에 갇히자 드문드문 울리던 포성도 멈추었습니다. 소리마저 안개에 묻혀 버린 듯 아무 소리도 들리지 않았습니다. 파도 소리조차 들리지 않았습니다. 전사에게는 시간이 멈춰있는 느낌이었습니다. 차라리 이대로 세상 모든 것이 안개에 영원히 갇혀 있기를⋯.

벌써 사흘째 대기하고 있는 포대원들은 안개를 이불 삼아 슬슬 졸기 시작했습니다. 가을을 재촉하는 부슬비가 그친 뒤 찬 기운이 볼을 싸늘하게 휘감았지만 포대원들의 졸음을 쫓을 수는 없었습니다.

가아악! 가아악!

바로 머리 위에서 들리는 요란한 소리에 전사는 소스라쳤습니다. 시커먼 물체가 포 끝을 스치듯 바다 쪽을 향해 사라졌습니다. 이 생각 저 생각 꼬리를 물던 머릿속이 순간 하얗게 되었습니다. 진지 뒤 경계초소 위에 앉아있던 갈매기 한 마리가 무엇에 놀란 듯 포를 가로질러 날아내린 것이었습니다. 펼친 날개가 어른의 팔길이만 한 괭이갈매기였습니다. 하필 바로 진지 위를 지나면서 울어대었기에 하릴없이 깜박이던 다른 포대원들도 움찔했습니다.

「에잇! 재수 없는 갈매기! 자부러바 죽겠구먼….」

안개를 구실 삼아 깜박깜박 졸던 조준수가 한기에 진저리를 쳤습니다. 저녁에 포를 전개하고부터는 언제 하달될지 모르는 명령을 밤새도록 기다리고 있던 터였습니다. 난데없는 갈매기의 비행에 사로잠을 날린 대원들의 눈이 벌게져 있었습니다. 포탄 상자에 앉아있던 포장이 슬그머니 일어나더니 두리번거렸습니다. 포신의 끝조차 보이지 않으니 왼쪽에 포진하고 있는 하나 포반도, 오른쪽에 있을 삼 포반도 보일 리 없었습니다.

「안개가 희읍스름한 게 꼭 저승사자라도 나올 태센데….」

포장은 눈을 잔뜩 찌푸리며 바다 쪽을 바라보았습니다. 여전히 바다는 보이지 않았고 파도 소리조차 들리지 않았습니다. 갈매기가 일으켰던 포진지 속의 가벼운 혼란은 뱃고물에 일었던 물거품처럼 이내 수그러들었습니다. 잠시 수런거리던 포대원들도 침묵에 빠져들었습니다. 사위는 다시 조용해졌습니다.

 전사는 지난 한 달간의 일을 떠올렸습니다. 여단 체육대회를 거쳐 군단 체육대회에서도 전사가 속한 포병대대가 우승했습니다. 결승전에서도 혼자 두 골을 넣은 전사는 축구 종목에서 최고 수훈 병사가 되었습니다. 최전방 중앙공격수로서 예선까지 모두 아홉 번의 경기에서 무려 열세 골을 넣었습니다. 두 번째로 많이 넣은 사람은 민경대대 소속의 중사였습니다. 그래봤자 그는 일곱 골을 넣었을 뿐이었습니다. 전사는 당연히 최우수 골잡이가 되었습니다. 한 선수가 이렇게 많은 골을 넣은 것은 체육대회에서 처음 있는 일이라고 했습니다. 땅크대대와의 예선전 마지막 경기에서는 내처 세 골을 넣기도 했습니다. 최고 수훈 병사에게는 다른 종목 우승자들과 더불어 십 사 일의 휴가증과 백두산 답사의 기회까지 주었습니다. 그런데 이뿐만이 아니었습니다. 함께 선수로 뛰며 중간방어수 역할을 한 정치군관이 귀띔한 소식은 휴가와는 비교도 되지 않는 것이었습니다. 어쩌면 인민무력부 소속의 4.25체육단으로 전출을 보낼지도 모른다는 것이었습니다. 상부에서 신중하게 검토하라고 지시했으므로 전출은 시간문제라고 했습니다.

아아! 그렇게만 된다면….

가슴이 두방망이질 쳤습니다. 전사는 어린 시절 접었던 축구의 꿈을 군대에 와서 다시 피울 수 있을 것 같은 기대에 한껏 부풀었습니다. 발재간이 좋아서 축구 명문인 복성중학교에 가고 싶었지만 룡강소학교 졸업반인 4학년 때 운동장 한편에서 기계체조 연습을 한 게 화근이었습니다. 체조 중 하나를 자유선택해서 체육 시험을 보아야 하는 데 륜 체조가 좋겠다고 생각했습니다. 다른 학생들은 철봉이나 뜀틀운동을 주로 했고 륜 체조는 어려워서 잘 선택하지 않았기 때문입니다. 워낙 날랜 편이라 어려운 것을 연습해서 점수를 많이 따고 싶었습니다. 그런데 공중에서 한 바퀴 돌아 모래밭에 사뿐히 내려서려 하는데, 하필 왼쪽 발을 딛는 곳이 소복하게 올라와 있었습니다. 막상 발을 딛는 순간 고르지 못한 바닥 때문에 몸의 균형이 흐트러졌고, 자세를 고쳐잡기 위해 내딛은 한쪽 다리가 힘이 풀리면서 맥없이 옆으로 고꾸라졌습니다. 기계체조는 내려 딛기가 가장 어렵다는 것을 실감하는 순간이었습니다. 인민병원에서는 발이 곱질려서 힘줄이 늘어난 왼쪽 발에 두 달간 석고붕대를 감고 있어야 한다고 했습니다. 입학 측정이 있는 날에도 석고붕대로 발을 칭칭 감고 있었으니, 아예 응시도 해보지 못한 채 공화국 축구 선수가 되겠다는 꿈을 접어야 했습니다. 그런데 이제 그 꿈이 이루어질 수 있게 되었습니다. 체육대회를 마친 후 부대로 돌아오는 길은 마치 공중을 걸어 다니는 기분이었습니다. 부대에 들어서자 전우들이 모두 병실에서 뛰어나와 두 줄로 늘어서서 환대했습니다. 몇몇 전우가 나서서 목말을 태우고 연병장을 한 바퀴 돌며 승리의 합창을 불러댔습니다.

용맹하다 씩씩하다. 영예롭구나.
전우애로 똘똘 뭉친 혁명용사들.
장하다 승리깃발 항상 우리 것.
그 이름도 우람차다. 무적 주체포.

전사도 깃발을 높이 치켜들고 휘둘렀습니다. 볼에는 감격의 눈물이 줄줄 흘러내렸습니다. 세상을 다 가진 것 같았습니다. 여단에서는 특식으로 고깃국과 사탕 과자 등 당과류가 지급되었습니다. 보급이 좋지 않아 남새와 절인 무만 먹다가 오랜만에 고깃국으로 식사하니 그야말로 부대 안이 시끌벅적했습니다. 중대장은 휴가 준비를 지시했습니다. 내일 아침 여단부에서 다른 휴가자들과 함께 차를 타고 해주역까지 나갈 거라고 했습니다. 전우들은 옷도 다려주고 머리도 손질해주며 법석을 떨었습니다. 군화도 반짝반짝하게 닦았습니다.

「야아! 군화 동구만. 조심하라우! 만날 지하족만 신다가니 이거 신으면 뒤꿈치가 까질기야!」

「광을 내니끼니 파리가 미끄러지겠다야!」

「입대 2년 차 전사가 휴가를 가다니….」

「야야! 경계서다 와서 봉창 뚜드리네? 이 동무래 소학교 때 다리만 안부러졌어도 지금 공화국 축구 대표에서 기둥 선수로 활약하고 있을 인물이야. 4.25 체육단으로 간다지 않아!」

「기이래? 기거이 진짜야? 이거 겹경사가 터졌구만.」

「조국은 우리가 지킬테니까 동무는 가서 축구로 만방에 이름을 날리라우! 이제 열여덟 살밖에 안 되었으니 앞날이 창창하구만.」

「이름나도 우리를 아이 잊겠지비? 헤헤!」

전우들은 부러워서 저마다 한마디씩 했습니다. 전우들 사이에서 전사는 벌써 공화국 축구 대표선수가 된 듯했습니다. 전우들과 한참 흥을 돋우고 있을 때 병실 안 확성기가 켜졌습니다.

「리진수 전사는 지금 즉시 중대부로 오시오!」

전사는 '지금 즉시'라는 말이 마음에 걸렸습니다. 불길한 느낌이 가슴 한구석을 차갑게 치고 지나갔습니다.

전사는 시끌벅적한 병실을 나와 쪽부리산 쪽으로 향했습니다. 쪽부리산은 바닷가를 병풍처럼 막아서고 있는데 마치 날개를 펼쳐 하늘로 날아오르려는 새의 모습인데 산봉우리마저 새부리처럼 솟아있었습니다. 산 뒤편에서 바닷가 쪽으로 여러 개의 굴이 뚫려 있는데, 중대부는 갱도와 갱도 사이에 자리하고 있었습니다. 중대부 입구에는 경리사관이 알림판에 선전화를 붙이는 중이었습니다. 결의에 찬 인민군이 남조선 청와대 건물을 주먹으로 때려 부수는 그림입니다. 그림에는 붉은 글씨의 구호가 위아래로 나뉘어 적혀있었습니다.

'강박에는 강타로. 응징에는 무자비한 징벌로!'

한동안 보이지 않던 강성 구호가 다시 나타나기 시작했습니다. 요즘 경제제재니, 핵사찰이니 하고 남조선과 사이가 좋지 않은데 그 때문이었습니다. 포장의 말을 들어보면 북남 관계가 좋았던 지난 몇 년 동안은 보급이나 후생이 지금보다 훨씬 나았다고 합니다. 요즘에는 북남관계가 악화한 데다가 핵실험으로 인한 경제제재까지 겹쳐 '고난의 행군'을 다시 겪을지 모른다고 걱정했습니다. 아직도 후유증이 가시지 않았는데 '고난의 행군'이 또 온다니? 그 시기 전사는 소학교에 다니고 있었습니다. 그때는 많은 인민이 굶어 죽었습니다. 전사도 변두리에 있는 삼촌 집을 다녀오다 굶어 죽은 시체를 본 적이 있었습니다. 개울가에 거꾸로 처박힌 시체를 본 후로는, 그 길로 다니는 것이 겁이나 중학교에 올라갈 때까지 삼촌네 집에 발을 끊었습니다. 친구는 역의 기다림칸에서 자다가 죽은 시체를 철도 봉사원들이 치우는 것을 보았다고 했습니다. 그런데 그 시절이 다시 온다니…. 그림 옆에는 나란히 알림글이 붙어 있었습니다. 전사는 불길한 마음을 억누르고 알림글 앞으로 다가갔습니다.

'훈련 명령인가? 체육대회도 끝났으니 좀 추스르자는 거겠지.'

조선 인민군 총참모부 중대 통고문

남조선 괴뢰 군부 호전광들이 우리 군대가 도발을 일으켰다고 상황을 날조해 떠들어 대면서 그것을 구실로 미제와 붙어서 우리 앞바다에서 군사적 추태를 부리고 있다. 우리 군대는 반공화국 모략 소동을 연출해낸 남조선 군부의 가증한 행위에 대해 그대로 스쳐 지날 수 없으며 공화국을 굳건히 수호하기 위해 백 천배의 응징으로 맞설 것이다. 우리는 지금 이 순간에도 력사적인 6. 15 공동선언과 그 실천 강령인 10. 4 선언의 리행을 엄중히 촉구한다.

1. 북남 협력 교류와 관련하여 우리 군대의 모든 군사적 보장 조치들을 전면 철회할 것이다.
2. 개성공업지구 등과 관련한 륙로 통행의 전면 차단을 검토할 것이다.
3. 조선 서해 해상에서 우발적 충돌 방지를 위하여 체결하였던 쌍방 합의를 완전히 무효화 할 것이다.
4. 조선 서해 우리 측 해상분계선에 대한 침범행위에 대하여서는 즉각적인 타격을 가할 것이다.

주체 99년 9월 10일 평양

전사는 방금 붙여 놓은 알림 글을 하나하나 읽어 내려갔습니다. 서해 얘기가 나올 때는 숨이 멎는 것 같았습니다. 남조선과 사이가 좋았을 때도 이곳은 그렇지 못했습니다. 금강산과 개성 쪽에서 남조선 사람들의 왕래가 빈번할 때도 여기는 늘 팽팽한 긴장감이 돌았습니다. 조선 반도에서 다시 전쟁이 일어난다면 아마도 이곳이 불씨지 노릇을 할 것입니다. 조국 해방 전쟁이 끝나고 공화국과 합의도 없이 유엔사령부가 멋대로 그은 NLL 때문입니다. 꽃게잡이가 한창인 6월에는 늘 비상경계 태세였습니다. 꽃게가 지천으로 널렸는데도 두 눈 멀거니 뜨고 바라볼 수만은 없는 노릇이었습니다. 그 때문에 해군은 어선을 보호하려고 남조선 해군과 두 번이나 모질게 전투를 치렀습니다. 그런 앞바다에 며칠 전부터 남조선 군함이 부쩍 늘었습니다. 포격 소리도 계속 들렸습니다. 낌새가 심상치 않게 돌아가고 있었습니다. 올해는 미제가 합세해 다른 해에 비해 움직임이 크다고 했습니다. 상부에서도 본때를 보이겠다며 군사들의 각오를 새롭게 다졌습니다.

'작년 이맘때처럼 적당히 넘어갔으면 좋으련만….'

전사는 체육대회 대표로 뽑혀 상당 기간 시합과 연습에 골몰해 있었기 때문에 최근의 사태가 도무지 어떻게 돌아가는지 감감했습니다. 중대부는 갱도 입구 왼쪽으로 있었습니다. 전사가 옷깃을 추스르고 손기척을 하자 안에서 문이 열렸습니다. 대답 대신 보위요원이 직접 문을 열어 주었습니다. 중대부 안에는 중대장과 정치지도원 보위요원이 모두 함께 있었습니다. 책상 위에는 작전지도가 펼쳐져 있었습니다.

「전사 리진수! 명령대로 도착했습니다!」

전사는 군화 뒤축으로 바닥을 구르며 경례했습니다. 그러자 중대장 옆에 서 있던 정치지도원이 한 걸음 나서더니 눈에 힘을 주고 전사를 쳐다보았습니다.

「리동무! 지금 남조선 괴뢰들과 미제 승냥이들이 그 무슨 훈련입네 하며 갖은 핑계를 대며 공화국 령토의 턱밑까지 와서 날카롭게 형세를 살피고 있소. 상부에서는 며칠 내로 저들이 기습할 것으로 내다보고 있소. 지금 조선 반도에서 오늘 내일 임의의 시각에 전쟁이 터질 수 있는 위험이 조성되고 있는 것은, 자신들의 실수로 저지른 군함 침몰 사건을 우리가 했다고 모략을 일삼으며 우리 앞 바다까지 군함을 끌어다 불장난을 하는 것만 보아도 명백히 알 수 있소. 저들은 비참한 후과를 맞이할 것이오. 우리가 조선 인민군 중에서 가장 먼저 선제타격의 영광스러운 임무를 맡길 바라며 또한 한 치의 오차도 없이 임무를 완수할 것이오..」

정치지도원은 긴말을 또박또박 끊어가며 단호한 투로 말하였습니다. 전사가 무슨 대답이라도 해야 할 듯 머뭇거리자 중대장이 책상에 두 손을 짚고 자리에서 일어났습니다.

「지금 전군에 전시태세가 하달되었다! 휴가는 적들의 불장난을 완전히 섬멸한 후 출발해야겠다!」

중대장은 전사와 눈이 마주치자 짧은 순간 시선을 외면했습니다. 그러고는 더 이상 말이 없었습니다.

「잘 알겠습니다! 중대장 동지! 경애하는 최고사령관 동지를 위하여 명령 받들겠습니다!」

전사는 큰 소리로 경례를 하고 문을 나섰습니다. 군관들이 다시 책상 위에 펼쳐진 지도로 시선을 모으는 게 문틈 사이로 언뜻 보였습니다.

본부를 나서자 귀가 먹먹해졌습니다. 가슴속은 부글부글 끓어올랐고, 답답함 때문에 입에서는 저절로 한숨이 새어 나왔습니다. 굴 안쪽에서 끈적끈적하면서도 서늘한 바람이 훅 끼쳤습니다. 바다에서 부는 바람이 갱도를 타고 지나왔습니다. 전사는 바람이 불어오는 쪽을 돌아보았습니다.

갱도는 바닷가 쪽으로 똑바로 뚫려 있었습니다. 갱도 안은 늘 축축하고 서늘했습니다. 동굴 천정에서 물방울이 전사의 눈가에 떨어졌습니다. 차가운 물방울이 볼을 타고 내렸지만 전사는 그저 물끄러미 바다 쪽만 바라보았습니다. 갱도의 벽면에는 굵은 전선이 서로 얽혀 바다 쪽으로 뻗어 있었습니다. 철문을 열어놓았기 때문에 갱도 끝에 있는 해안포가 보였습니다. 해넘이가 시작되고 있었습니다. 포의 끝에는 반나마 바다에 잠긴 저녁 해가 걸려 있었습니다. 포대원들의 모습도 보였습니다. 그들은 미동조차 하지 않고 있었습니다. 엇빛 때문에 모든 물체가 새까맣게 보였습니다. 포와 대원들이 고정된 피사체로 있는 한 장의 사진같이 보였습니다. 늦여름날의 긴긴 하루가 가고 있었습니다.

막사로 돌아오자 포대원들은 벌써 군장을 꾸리고 있었습니다. 각자 정해진 위치로 가야 했습니다. 전사가 들어온 것을 본 포대원들은 아무 말도 하지 않았습니다. 전사도 후다닥 자기 자리로 가서 짐을 꾸렸습니다.

「이번에는 진짜 같구먼.」

하던 일을 멈추고 전사를 물끄러미 바라보던 포장이 중얼거렸습니다.

「무시기 두렵지비? 눈에는 눈! 이에는 이! 그기 우리가 살아 숨 쉬고 있다는 증거임매!」

포장의 동기가 단호한 어조로 말을 되받아쳤습니다.

「죽느냐 사느냐 판가리 싸움이야. 쟤들과 우리가 서로 맞포질을 해대면 쟤들이나 우리나 다 대포 밥이 되는 기야.」

포장은 총을 들어 한 쪽 눈으로 총구를 들여다보며 담담하게 대꾸를 했습니다.

「야! 읍덕무! 상급자면 상급자답게 굴라!」

동기가 말했습니다.

「군대 10년 마치고 집에 갈 날이 내일모렌데 대포 밥이라….」

총을 옆에 내려 놓으며 포장은 담담한 말투로 중얼거렸습니다.

「이 똥강생이 같은…. 아이 그래도 기운 축한데….」

동기가 벌떡 일어나며 포장을 노려보았습니다.

「앉으라! 망가진 북남관계를 생각하면 간장이 말라서 기래. 몇 년 전에는 그래도 숨 좀 고르기도 했는데….」

포장이 동기를 진정시키듯 말을 했습니다.

「기거이 우리 탓이가? 뭐이 간장을 사르네?」

「우리 동네가 개성이야. 땡해북도 개성.」

포장은 자신의 동네를 자조하듯 일컬었습니다.

「이곳 강령에서 그리 먼 곳도 아니지. 형이 개성공단에 있는 몸틀 제작소에서 일하는데, 거기에서는 우리 인민이나 남조선 인민 모두 자기에게 이득이 되는 게 뭔지 안다는구먼. 눈에 불을 켜고 자기 이익만 챙겨도 서로가 남는다고. 그런 게 공화국 여기저기에 있으면 맞포질할 이유가 없을 텐데….이런 대결 호상간에 덜미가 날 때도 되었는데 중국이나 로씨야처럼 지내면 좋갔구만.」

동기는 더 이상 대답하지 않았습니다. 포대원들도 굳은 표정으로 듣고 있었습니다.

띠리릭!

전화기가 울리자 포장이 다급하게 수화기를 들었습니다. 어느덧 안개가 걷혀 가고 있었습니다. 멀리 조기섬이 오롯이 나타났습니다. 밤이면 여러 불빛이 물결처럼 반짝이던 섬. 그 섬 사이의 바다에는 늘 팽팽한 긴장이 흐르는 곳이라 전쟁이 나면 포염도 저렇게 반짝일 거라고 전사는 여러 번 생각했었습니다. 포장이 수화기를 내려놓자마자 외쳤습니다.

「조기섬 적 포진지. 쏠림 각, 하나 삼 둘 넷! 높은 각, 넷 둘 삼!」

포장이 좌표를 부르자 포대원들이 각자 자기의 역할에 맞춰 재빨리 움직였습니다.

「조준수 조준 끝!」

「고폭탄 여섯 발! 장약은 칠 호!」

포장이 다시 외쳤습니다.

「장약 확인!」

「장탄수 장탄 끝!」

「기준포 사격 준비 끝!」

포장이 다시 시계를 들여다보았습니다.

「발사!」

포장의 명령에 포수가 힘껏 방아끈을 당겼습니다. 천지를 뒤흔드는 소리와 함께 폐쇄기가 꺼지듯 후퇴했습니다. 포구에서는 불이 번쩍이며 매캐한 화약 연기를 하얗게 토해냈습니다. 해안가에 나란히 늘어서 있던 다른 포에서도 일제히 불을 뿜어댔습니다. 바닷가에 앉아있던 갈매기 떼가 포 소리에 놀라 한꺼번에 하늘로 날아올랐습니다. 안개가 사라진 자리에 포연이 자욱했습니다.

휴가

「슛! 골인!」

「에이! 그것도 못 막아? 말년이라고 너무 몸을 사리잖아! 꼼짝없이 우리가 음료수 사게 생겼네.」

장 하사가 핀잔을 주었습니다. 김 병장은 골대 뒤로 굴러간 공을 주우러 갔습니다. 도랑 주변을 두리번거렸으나 공이 보이지 않았습니다.

'어디 있지?'

산비탈을 자른 절개면에서 뭔가 반짝했습니다.

'아! 저기 있군.'

김 병장이 다가갔습니다.

'어? 그런데 공이 아니잖아? 뭐지?'

고개를 숙여 자세히 보았습니다. 포탄이었습니다. 포탄은 산기슭이 수직으로 허물어진 곳에 비스듬히 박혀있었습니다.

155HE TNT ….

포탄에 찍힌 노란색 글자가 선명하게 보였습니다.

'이상하네? 이런 곳에 불발탄이 있다니…. 불발탄 처리반에 알려야겠다.'

구부렸던 허리를 펴고 일어서려는데 앞에 한 소년이 서 있었습니다. 고등학생쯤 되어 보이는 아주 앳된 소년이었습니다. 소년은 온통 흙투성이의 해진 군복을 입고 있었습니다. 머리는 박박 깎았는데 얼굴은 불에 그을린 듯 새까맣고 군데군데 생채기가 있었습니다. 말라붙은 검붉은 핏자국도 보였습니다.

「넌 누구니? 어디 살아? 여기에는 왜 왔어?」

김 병장이 물었습니다.

「형! 난 축구 선수야. 나하고 축구 하자.」

소년이 말했습니다. 김 병장은 당황스러웠습니다.

「여기는 네가 있을 곳이 아냐. 빨리 여기에서 나가렴.」

소년은 김 병장의 다그침에 시무룩해졌습니다. 그런 모습을 보자 막상 김 병장은 소년이 안쓰러웠습니다.

「지금 축구 하다 왔는데…. 잠깐만 기다려봐?」

김 병장은 운동장을 돌아다보았습니다. 같이 축구 하던 전우들이 빨리 오라고 손짓하고 있었습니다. 김 병장은 소년을 돌아보았습니다.

「같이 한 판 하자. 어때? 너도 좋지?」

소년은 그저 물끄러미 바라볼 뿐 대답하지 않았습니다. 김 병장은 소년에게 다시 권했습니다.

「낯을 가리는구나? 괜찮아! 우리 편 시켜 줄게.」

그래도 소년은 아무 말을 하지 않았습니다. 김 병장은 다시 전우들이 있는 쪽을 보았습니다. 그런데 조금 전까지 있던 전우들이 보이지 않았습니다.

「어디 갔지? 먼저 PX로 갔나? 에이 자식들! 같이 가지. 얘! 내가 음료수 사줄게 빨리 가보자.」

김 병장이 소년에게 다그쳤습니다.

「형! 우리끼리 축구 하자.」

소년은 축구공을 앞으로 내보이며 말했습니다.

「어? 우리 둘이? 나 씻고 휴가 준비해야 하는데?」

김 병장은 조바심이 났습니다.

「형! 가지 마! 나랑 축구 하자.」

소년이 재차 졸랐습니다.

「오늘 배가 안 뜰 거야.」

소년은 김 병장의 손목을 잡아끌었습니다.

「네가 어떻게 알아? 배가 안 뜨는지?」

결항 여부를 아는 것으로 보아 김 병장은 소년이 항구 주변에 살고 있을 거라고 짐작했습니다.

「그럼 골 넣기 몇 번만 하자.」

김 병장은 잠깐만 상대해 주다가 올라가야겠다고 마음먹었습니다. 김 병장이 응해주자 소년이 매우 기뻐했습니다.

「야! 신난다! 내가 이래 봬도 대표선수야.」

소년이 엄지손가락을 치켜들며 자랑했습니다.

「그으래? 너 같이 어린애가?」

김 병장은 애써 놀라는 표정을 지었습니다.

「나 어리지 않아. 형도 나한테는 어림없을걸? 나보고 타고난 골잡이라고들 그랬어.」

소년은 억울하다는 듯이 손사래를 쳤습니다.

「그래! 그래! 하긴 너 같은 애도 국가대표에 있더라.」

소년은 김 병장의 말에 벙긋 웃었습니다.

「형은 축구 잘해?」

소년이 물었습니다.

「나야 워낙 개발이라…. 말년에는 떨어지는 낙엽도 조심해야 하는 거야. 그래서 지금도 골키퍼 보잖냐.」

김 병장은 쑥스러운 듯 소년을 보고 웃었습니다. 소년도 김 병장과 눈이 마주치자 해쓱한 얼굴로 이를 드러내 보이며 웃었습니다.

「그런데 넌 집이 어디야? 이 섬이야?」

김 병장이 물었습니다.

「룡강이야.」

소년이 대답했습니다.

「룡강?」

「응! 남포시 룡강.」

「남포? 평양 밑 남포? 그럼 넌 북한에서 온 거야? 언제?」

그때였습니다. 뒤에서 기척이 느껴졌습니다. 뒤를 돌아보았습니다. 어느새 산기슭에 안개가 자욱하게 내려앉았습니다. 김 병장은 양미간을 찌푸리며 산기슭을 바라보았습니다. 안개가 자욱한데도 황토에 박혀있는 포탄이 보였습니다. 골대 쪽으로 한참 걸어왔기 때문에 꽤 멀리 떨어진 거리인데도, 포탄이 옆에 있는 것처럼 또렷하게 보였습니다. 김 병장이 이상해서 눈을 비비며 다시 쳐다보았습니다. 그러자 방금까지 경사면에 박혀있던 포탄이 힘없이 툭 빠져버렸습니다. 흙더미에서 빠져나온 포탄이 김 병장과 소년이 있는 운동장 쪽으로 데구루루 굴러오고 있었습니다. 김 병장은 소년 쪽을 돌아보았습니다. 소년은 아무것도 모른 채 머리로 공을 통통 튀기며 골대 쪽으로 가고 있었습니다. 김 병장이 소리를 질렀습니다. 그런데 목에서만 맴돌 뿐 소리가 나오지 않았습니다.

「야! 피해! 피하라고!」

목에서는 쉰 소리만 나왔습니다. 소년은 알아차리지 못하고 여전히 이마로 공을 튀겨댔습니다. 김 병장은 답답해서 가슴이 터질 것만 같았습니다. 김 병장은 소년에게 뛰어가며, 있는 힘을 다해 소리를 질렀습니다.

「야아!」

그제서야 소년이 공을 잡고 뒤를 돌아보았습니다.

'어? 누구지?'

소년이 아니었습니다. 돌아본 사람은 인민군 중사였습니다. 군복은 소년처럼 너덜너덜해져 있고 얼굴은 피로에 지쳐있었습니다. 김 병장은 눈을 의심했습니다. 다시 눈을 비비고 쳐다보았습니다. 박 일병이었습니다. 박 일병은 왜 그러냐는 듯이 의아한 눈으로 쳐다보고 있었습니다.

「뭐해? 뛰라니까!」

김 병장은 엄지로 자신의 등 뒤를 가리키면서 외쳤습니다. 포탄이 굴러오는 것을 박 일병도 분명 보았을 것 같은데, 박 일병은 고개만 갸웃거렸습니다.

「엎드려! 엎드리라고!」

엎드리라는 손짓까지 했지만, 박 일병은 도무지 반응이 없었습니다. 박 일병을 밀치려고 손을 뻗었습니다. 그때 등 뒤에서 번쩍하는 것이 느껴졌습니다. 놀라는 박 일병의 얼굴에 섬광이 비쳤습니다. 박 일병의 얼굴이 조각조각 부서져 날렸습니다. 무엇인가 등 뒤를 요란하게 두들겼습니다.

「아아악!」

김 병장은 자리에서 벌떡 일어나 앉았습니다. 목에서 땀이 주르륵 흘러내렸습니다. 손으로 땀을 훔치며 휘둥그레진 눈으로 주위를 돌아보았습니다. 당직 완장을 찬 장 하사가 놀란 눈으로 쳐다보고 있었습니다.

「꿈 한번 오지게 꾸네?」

「어? 어?」

김 병장은 얼떨떨한 눈으로 두리번거렸습니다.

「가위눌렸나 보군.」

장 하사가 말했습니다. 그제야 김 병장은 안도의 숨을 내쉬었습니다.

「왜? 꿈에서 휴가가 취소됐다냐? 그렇다면 악몽이지.」

장 하사는 킥킥대며 몸서리를 쳤습니다. 김 병장은 대답 대신 고개를 숙이고 절레절레 머리를 흔들었습니다.

빰빠 빰빠 빰빠빠! 빰빠라 빰빠빠!

그때 기상나팔 소리가 부대 안에 울려 퍼졌습니다.

「떴다 떴다! 해 떴다! 꼼지락 거리자!」

장 하사는 기상나팔과 똑같은 리듬으로 노래를 불렀습니다. 하지만 몇몇 소대원들은 몽그작거리며 일어나지 않았습니다.

「기상! 기상!」

장 하사가 벌떡 일어서더니 내무반 사이를 누비며 소리를 질러댔습니다. 그제야 소대원들이 부스스 일어나기 시작했습니다.

「박 일병은?」

김 병장은 불현듯 박 일병을 찾았습니다.

「네! 일병 박래한!」

박 일병이 모포를 개다 말고 김 병장을 돌아보며 외쳤습니다. 김 병장은 박 일병과 눈이 마주치자 빙긋 웃었습니다. 박 일병은 의아해하며 눈을 동그랗게 떴습니다.

「아냐! 아냐! 하던 일 계속해.」

김 병장은 손짓으로 박 일병을 다독였습니다.

「확실하군. 휴가 취소되는 꿈이. 왜 박 일병까지 꿈에 끌어들여 휴가를 못 가게 하고 그래.」

모포를 개며 부산히 움직이던 내무반원들이 장 하사의 말에 웃음을 터뜨렸습니다.

「낮에 정신없이 골을 먹고, 욕까지 얻어먹으니 꿈자리가 사납지. 휴가 가기

전이라고 엔간히 몸을 사리더니….」

장 하사가 다시 침상에 걸터앉으며 말했습니다.

「불발탄이 터지는 꿈이었어. 연병장 절개면에 박혀있던 155mm 고폭탄이 굴러와서….」

김 병장이 모포를 개기 시작하면서 나직이 중얼거렸습니다.

「그래서 그렇게 악을 써댔군. 연병장이 피탄지냐? 불발탄이 박혀있게? 축포로군! 휴가 간다니까 축포가 터진 거야.」

「내가 소리를 질렀던가?」

「그래!」

「뭐라고?」

「피하라고 했어. 쪼그리고 자면서 팔을 뻗치고 몸까지 비틀어대기에 아무래도 깨워야겠다 싶어 등을 두들기는데 비명을 지르고 일어나더라고. 나도 놀랬어야! 피하라고 해서.」

김 병장이 매트를 접다말고 멍하니 생각에 잠겼습니다. 장 하사가 김 병장의 어깨를 툭 쳤습니다.

「원래 새벽 선잠에 개꿈이 잘 꾸이는 거잖아. 몇 차례나 연기된 휴가였으니 얼마나 애가탔겠어.」

불현듯 김 병장이 후다닥 일어나더니 입구 쪽으로 달려갔습니다. 문을 왈칵 열어젖히자 안개가 내무반 안으로 넘실넘실 들어왔습니다. 구수한 밥 냄새도 안개를 따라 스며들었습니다. 내무반 아래 식당에서는 취사병들이 한창 아침을 준비하고 있을 터였습니다. 안개에 가려 식당 옆에 우뚝 솟아있는 콘크리트 물탱크도 끝자락만 간신히 보였습니다. 김 병장은 절망스러운 듯 손을 이

마에 대고 한숨을 내쉬었습니다.

「진짜 완전히 귀신 딴죽일세.」

뒤 따라 나온 장 하사가 한 마디 던졌습니다.

「제발 휴가 좀 가자. 이래서 배가 뜨겠나?」

김 병장은 맥이 빠진 표정이었습니다.

「햇님이 나왔지롱 하면 배뜨는 거여.」

장 하사가 느긋하게 대답했습니다.

「어제 비오고 오늘도 구름 많음이라….」

김 병장이 초조한 듯 말했습니다.

「안개가 마음이 변하면 붙잡아도 가더라고. 고무신 거꾸로 신은 애인처럼….
잘가라! 사랑했다! 안개야!」

장 하사가 신파극을 하듯 소리를 높였습니다.

「치이! 하나 마나한 소리는?」

「안달복달한다고 안개가 걷히겠냐?」

장 하사가 답답하다는 듯 말했습니다. 김 병장은 한숨만 쉬었습니다.

「내가 해결해 줄까?」

장 하사가 눈을 반짝이며 물었습니다.

「뭐얼? 또 무슨 싱거운 소리를 하려고? 키 크고 싱겁지 않은 이 없다더라.」

김 병장이 장 하사의 얼굴을 올려다보며 말했습니다.

「조바심 내봤자 일생에 도움도 안 되는데, 귀신 입김은 귀신 잡는 해병 입김으로 맞장뜨자고.」

장 하사가 이쪽저쪽으로 고개를 돌리며 안개를 입으로 불었습니다. 김 병장이 어이없다는 듯 쳐다보았지만, 장 하사는 아랑곳하지 않고 아예 펄쩍펄쩍 뛰면서 안개를 불어댔습니다.

「두고 봐! 내 입김으로 걷힐 테니까….」

장 하사는 계속 안개를 불어댔습니다.

「계란으로 바위를 깨뜨리는 방법. 후우! 후우! 바위가 깨질 때까지 계란을 던진다. 후! 후! 언제까지 분다? 후우! 후우! 안개가 걷힐 때까지. 후우! 후우! 후아!」

장 하사는 얼굴이 벌게지도록 있는 힘을 다해 불었습니다.

「뭐해! 안 불고? 늬 휴가 아냐?」

장 하사는 김 병장을 재촉했습니다. 장 하사를 보고 그저 웃고만 있던 김 병장도 이내 따라서 불기 시작했습니다. 그러자 내무반 안에서 침구 정리를 하던 문 상병이 따라 나왔습니다.

「안개 귀신 물렀거라! 후! 후! 우리 말년 뱅장님 휴가 좀 가자! 후우! 후우!」

문 상병의 행동을 본 내무반원 모두가 와아하고 소리치며 문밖으로 쏟아져 나왔습니다.

「어어!」

김 병장과 장 하사가 소대원들에게 떠밀려 몇 발짝 앞으로 밀려났습니다. 소대원들은 입을 모아 볼이 터지라고 불어댔습니다. 남 일병은 아예 널빤지로 부채질을 해댔습니다.

「안개 몰이하냐?」

마침 계단을 올라오던 소대장이 그 광경을 보며 어이없다는 듯 말했습니다.

「별겁니까! 나비의 날갯짓이 뉴욕에 가서는 태풍이 될 수도 있다는데, 우리

해병의 입김이 하찮은 나비만 못하겠습니까?」

장 하사가 대답했습니다.

「나비효과라….」

소대장이 턱을 짚고 고개를 끄덕였습니다.

「그으래? 그렇단 말이지?」

소대장도 두 손을 모아 안개를 불어댔습니다. 그 모습을 보더니 소대원들은 배를 잡고 웃음을 터뜨렸습니다.

「헉헉! 야! 이거 힘드네!」

얼굴이 벌게진 소대장이 따라서 웃었습니다.

두 시간쯤 지나 일과를 시작할 무렵부터는 흐릿했던 날씨가 서서히 환해졌습니다. 짙었던 안개도 부쩍 옅어졌습니다. 전우들은 모두 근무지로 나갔고 김 병장과 박 일병만 내무반 안에서 휴가 대기를 하고 있었습니다. 휴가 준비는 이미 마쳐놓았기 때문에 김 병장은 내무반 안에서 책을 뒤적거리고 있었습니다. 박 일병도 괜스레 책을 께적거리다가 슬며시 문을 열고 밖으로 나갔습니다. 이제 내무반 앞에서 식당 건너편에 있는 부라보 소대의 막사까지 보였습니다. 이 정도라면 두어 시간쯤 후면 충분히 배가 뜰 것 같았습니다. 박 일병이 내무반 안으로 문을 밀고 들어오려는데, 마침 확성기에서 방송이 나왔습니다.

「병장 김준민! 일병 박래한! 본부로 오세요.」

「앗싸!」

김 병장은 딱하고 소리 내어 손가락을 튕겼습니다. 박 일병도 눈을 질끈 감으

며 주먹을 불끈 그러잡았습니다. 김 병장의 휴가가 예정된 날 번번이 날씨가 좋지 않았습니다. 게다가 훈련 일정까지 겹쳐 네 번씩이나 휴가가 미뤄져 박 일병과 같이 출발하게 된 것입니다. 박 일병도 김 병장의 휴가가 미뤄지는 것을 보고 조바심이 나기는 마찬가지였습니다. 얼마나 고대하던 휴가였던가? 김 병장과 박 일병은 두 계단씩 겅중겅중 건너뛰며 한달음에 본부로 내달았습니다. 휴가 가방이 등 뒤에서 크게 덜렁거렸습니다.

포격

저수지 수면에 산 그림자가 비쳤습니다. 옅어진 안개는 이제 산허리를 넘어서고 있었습니다. 김 병장과 박 일병은 저수지로 난 길을 걸어 내려갔습니다.

갹 크악 가악! 왝 왜액! 카라라라락! 캬르룩! 꺄룩!

「녀석들! 어지간히 캑캑거리는군.」

김 병장이 숲을 바라보며 빙긋 웃었습니다.

저수지 옆 소나무 숲은 백로, 왜가리, 해오라기 따위의 서식지입니다. 새들은 둥지 위에서 날갯짓하며 부산하게 움직이고 있었습니다.

「천천히 가자고. 배 뜨리면 두 시간 가까이 남았으니.」

김 병장은 가던 길을 멈추고 소나무 아래를 찬찬히 살펴보았습니다.

「무얼 찾습니까?」

「혹시 바닥에 떨어진 새끼가 있나 해서….」

「있으면 둥지로 올려 주실 겁니까?」

박 일병이 눈을 동그랗게 뜨고 궁금한 표정으로 물었습니다.

「웬걸? 올려 줄 재간이나 있나? 어느 둥지인 줄 알고? 쟤들도 자기 집 번지수가 있을 텐데, 아무 집에나 들여 보내 줄 수도 없는 거 아냐.」

김 병장이 다시 걷기 시작했습니다.

「그럼 잡아다 기르실 겁니까?」

박 일병도 따라서 걸으며 물었습니다.

「작년 이맘때 바로 요기에서 땅으로 떨어진 새끼 한 마리를 주워 길렀지. 제일 늦자란 막내가 형제들과의 먹이다툼에서 밀려난 것 같은데, 자연의 섭리라 해도 차마 못 지나가겠더라고. 미꾸라지도 잡아주고 개구리도 잡아주고 정성껏 길렀더니 곧잘 자랐어.」

낙엽 위에 새똥이 하얗게 내려앉은 숲을 기웃거리며 걷던 김 병장이 대답했습니다.

「날려 보냈습니까?」

「응. 저 무리에서 잘 살아가고 있겠지.」

길에서 약간 떨어진 소나무 위에서 왜가리와 백로가 서로 싸우고 있었습니다. 김 병장과 박 일병은 가던 길을 멈추고 그 광경을 바라보았습니다. 날개를 퍼덕거리며 긴 부리를 쭈쭈 내밀고 치열하게 싸우더니, 백로가 다른 나무로 건너뛰면서 싸움은 끝이 났습니다.

「저쪽 넓은 산 놔두고 왜 저렇게 여기에만 바글바글 몰려서 으등거리는 거지? 널찍하게 퍼져 있으면 서로 부대끼지 않아서 좋을 텐데 말입니다.」

「안전과 먹이 때문이지.」

「모여 살면 안전해지면서 먹을 것도 생긴다는 겁니까?」

「그래! 붙어사는 게 좋아서 그렇다기보다는 그래야만 살아갈 수 있으니까. 저 숲 안에는 왜가리와 백로만 있는 게 아니야. 황로도 있고 해오라기도 있지. 가끔 쟤들이 한꺼번에 하얗게 날아오르는 것을 볼 수가 있는데, 그런 때는 예외 없이 포식자가 나타난 경우야. 혼자서는 안 되니까 머릿수로 맞서겠다는 거지. 또 무리 지어서 살면 먹이터에 대한 정보도 함께 가질 수 있고. 이건 모여 사는 다른 새들도 마찬가지야. 비둘기도 그렇잖아. 한 녀석에게 먹을 것을 던져주면 용케 알고 사방팔방에서 몰려오잖아. 그런데 애들은 서로 다른 종이 뭉쳐 산다는 게 특이해. 자기 둥지를 지키기 위해서는 서로 으등거리고 싸우지만 한 종을 몽땅 몰아내려는 시도는 하지 않아. 먹고 사는 방식이 같아서 함께 뭉쳐 있으면 서로 유리하다는 것을 아는 거지. 우리하고는 다르게.」

「우리라고 하면 우리나라입니까? 인간세계라는 겁니까?」

박 일병이 물었습니다.

「둘 다! 그런데 거창하게 인간세계라고 해 봤자 가슴에 다가오지도 않을 테니, 남북한만 생각해 보자고. 이제 겨우 개성공단 하나가 들어서나 싶더니 뿌리가 내리기도 전에 지금 말라죽기 일보 직전이잖아.」

김 병장의 입가에는 찬웃음이 서렸습니다.

「금강산에서 관광객에게 총질한 이후로 이렇게 되는 거 아닙니까? 사과 한 마디 안하고.」

「아버지가 늘 하시는 말씀이 있어. 장사는 간 쓸개 빼놓고 하는 거라고. 사고가 났으면 상대가 받아들일 때까지 사과도 하고 적극적으로 수습을 해야 하는데, 장사하겠다면서 내 방식만 고집하고…. 장사를 해본 역사가 없으니 뭐 노하우가 쌓인게 있겠어?」

김병장이 말을 이었습니다.

「우리도 그래. 일단 거래 시작했으면 국으로 가는 거지. 번돈으로 우리를 공격하는 무기 자금으로 쓰네 맙네 하며 흔들어대잖아. 돈에 무슨 이데올로기가 묻어 있는 것도 아니고 . 남이야 번 돈으로 똥을 닦든 이를 쑤시던 내 마진만 챙기면 되는 거지. 꼭 손해보는 장사를 하는 것처럼….」

「도발은 언제나 윗동네 애들이 먼저 하는 거 아닙니까? 우리는 평화롭게 살자는데.」

박 일병이 따지듯 물었습니다.

「그런데 알아 둬야 할 것은 저쪽 이천만 인민도 똑같은 소리를 한다는 거야. 우리와 미국이 자기들 목을 조른다고. 이렇게 양쪽이 팽팽하게 상대를 탓하고 있지. 그러면서 서로 통일은 하겠다는 거야. 오뉴월 쇠불알 떨어지기를 기다린다더니.」

김병장이 코웃음을 치며 대답했습니다.

「그러니까 통일이 싫다는 소리도 나오는 거 아닙니까?」

박 일병이 시큰둥하게 말했습니다.

「박 일병도 그렇게 생각해?」

「그럴 리가요. 저는 우리의 소원은 통일, 꿈에도 소원은 통일임돠!」

박 일병이 느물거리며 대답했습니다.

「왜에? 너넨 너네대로 우린 우리대로 서로 간섭하지 말고 잘 살자. 그러면 그만 아닌가?」

김 병장은 박 일병을 떠보듯 물었습니다.

「원래 한 민족이었으므로 당연히 다시 합쳐야 한다고 생각합니다.」

박 일병은 정색하고 말했습니다.

「그래. 하지만 나는 통일에 대해 품는 생각이 박 일병과는 좀 차이가 있어. 한 겨레이기 때문에 당연히 통일되어야 한다면, 같은 민족이면서도 통일하려고 하지 않는 다른 나라들은 뭐야? 우리의 소원은 통일, 꿈에도 소원은 통일하면서 뒤로는 상대를 적으로 보잖아. 그러면 그건 무력 통일이지. 60년 후에도 쟤네들은 적화통일, 우리는 북진통일을 품으면서 서로가 소원은 평화통일이라고 할 걸? 이런 모순이 어디 있어?」

「그래도 통일을 간절히 바라는 마음이 없이 어찌 통일이 되겠습니까?」

「아니, 우리는 가슴에 호소하는 노래를 분단 육십 년 넘게 불러왔어. 그것으로도 차고 넘쳐. 세대가 갈리도록 한 치도 앞으로 나가지 못했으면서…. 왜 그런 줄 알아? 증오심 때문이지. 겨레붙이라고 하면서 다른 생각을 품고 있으니 더 미운 거야.」

「한 민족이라서 오히려 더 밉다는 겁니까?」

「그래! 우리가 피붙이가 아니면 이렇게까지 미울까?」

「글쎄요….」

「남만큼도 못한 형제. 그렇다면 그건 원수지.」

「그렇군요. 원수. 원수와 통일이라….」

「원수와 통일할 수는 없지.」

「네?」

「통일을 원한다면 마음속에서 원수를 지워야지.」

「지우자고 한다고 지워지겠습니까? 벅찬 가슴으로 통일 노래를 부른다고 통일이 오는 것이 아니라고 김 병장님이 방금 그랬잖습니까?」

「전쟁을 겪은 세대에게 원수를 지우고 용서를 구하는 건 어려운 일일거야. 하지만 증오를 대물림하지는 말아야 한다고 생각해. 저쪽도 우리와 마찬가지로 이미 전쟁에서 멀리 와버린 세대잖아. 선대의 책임을 묻게 하는 것은 곧 자기 존재의 부정이 될 테니 난망한 일이지. 지금은 상대에게 잘잘못을 따지기보다 역사로 넘겨버리고 덮고 가야 한다고 생각해. 그거야말로 가족 형제끼리니까 받아드릴 수 있을 거야. 그러고나면 상대를 잇속으로 보게 되겠지.」

「음, 거래 대상으로 보자….」

박일병이 고개를 주억거리며 말했습니다.

「장사꾼은 전쟁을 싫어 한다잖아. 전쟁은 정치인에 의해 일어나는 거야. 적개심에 불질러 이득을 취하려는 자와 거기에 부화뇌동하는 이념의 노예들. 휴! 우리에게는 너무나 뜨거운 가슴만 있는 거 같아. 냉철한 머리도 함께 했으면 해.」

「그렇군요. 뜨거운 머리. 차가운 가슴.」

「뭐? 뜨거운 머리?」

「네?」

「차가운 가슴?」

「아….」

박 일병이 혼란스러운 표정으로 머뭇거렸습니다.

「머리가 뜨거우면 또라이지. 가슴이 차가우면 냉혈한이고. 또라이에 냉혈한이면 완전히 싸이코패스잖아!」

「앗! 말이 꼬였네? 뜨거운 가슴과 냉철한 이성.」

「그래! 별것 아닌 것 가지고 이렇게 엉키는 거야. 군대 생활 짧게 한 박 일병이 벌써 머리가 굳으면 어떡해?」

김 병장이 나무라자 박 일병이 멋쩍게 웃었습니다.

「저는 굳어가는 중이고, 김 병장님은 축 늘어진 말년이라 독서를 많이 해서 다시 녹는 중 아닙니까? 헤헤!」

「고참가지고 논다.」

김 병장이 눈을 흘겼습니다.

갑자기 새들이 일제히 날아오르며 더욱 요란스럽게 지저귀어 댔습니다.

「왜가리가 백로나 해오라기들을 밀어내면, 왜가리 새끼들을 노리는 포식자들이 좋아라 더욱 기승을 부리겠지?」

김 병장이 옅어진 안개 속을 유영하는 새들을 바라보았습니다.

「그렇겠죠? 일단 경비 병력도 그만큼 줄었을 테니.」

「입술이 무너지면 이가 시리다는 것을 쟤들은 아는 거지. 박 일병! 오월동주 뜻 알아?」

「서로 원수인 오나라 사람과 월나라 사람이 한배를 탔으니 '원수는 외나무다리에서 만난다.' 아닙니까?」

「같은 배를 탔으니 밖으로 나갈 수도 없고 죽기 살기로 싸워 승패를 가르자?」

「뭐 그런 지랄맞은 상황을 맞닥뜨렸다는 거겠죠.」

「만약 작은 배라면 배가 뒤집어져 모두 물에 빠질 수도 있을 텐데? 너 죽고

나 죽자는 건가?」

「그렇게 되나요?」

「그건 말 그대로 이야기가 담겼다는 고사성어를 글자만 떼어서 단순하게 푼 것이고…. 불구대천의 원수를 조각배 위에서 만난 지랄맞은 상황이 아니라 실상은 정반대의 뜻이야. 오나라와 월나라는 강을 사이에 두고 남북으로 마주 보고 으르렁거리던 사이야. 강과 바다에 인접해 있어서 함께 배를 탈 일이 많았는데, 원수 사이였음에도 풍랑을 만나 위험에 빠질 때면 서로 협력하기가 왼손과 오른손 같았데. 원수지간이라고 쌩까다가 함께 물고기 밥 되는 것보다 협력해서 살아남는 게 이득이란 얘기지.」

「그래요? 그런 뜻이 있었군요. 네가 살아야 나도 살 수 있다!」

「그래! 감정적으로 상대를 본 것이 아니라 잇속으로 본거지. 나는 오월동주라는 고사가 우리나라의 경우와 꼭 들어맞는다고 생각되더라고. 한반도라는 배에 함께 탄 남과 북의 사람들. 자! 이제 어떡할 것인가? 죽기 살기로 싸울 것인가? 살기 위해 풍랑을 헤쳐 나올 것인가?」

「미래에 더 큰 이득을 위해?」

「아니! 존재하지 않는 미래를 위해 참으라는 것은 난 타당하지 않다고 생각해. 실상 그렇게 하는 게 당장에도 이득이 되거든. 눈에 보이는 이익만 있는 게 아니잖아? 무형의 이익과 유형의 이익은 사실 한 몸이지. 전쟁의 위험이 상존한 나라에 투자를 기피한 다는 게 그런 거잖아.」

「그렇군요. 보이지 않는 이익. 그 이익을 서로 소중하게 여길 수 있는 날이 올까요?」

「산 위에서 내려다보면 어디 강이 똑바로 가던가? 이쪽으로 휘고 저쪽으로 휘지만 결국에는 다 바다로 가잖아. 남과 북도 결국에는 서로가 누리는 이익의 바다로 가게 될 거야.」

「그럴까요?」

「그렇게 될 수밖에 없잖아? 나도 너도 그렇게 생각하는데 윗동네 애들이라고 그렇게 생각하지 않겠어? 걔들은 아직도 전쟁으로 통일할 수 있다고 생각하겠어? 바보가 아닌 다음에야….」

박 일병은 고개를 돌려 흘끗 북쪽 하늘을 쳐다보았습니다.

「안 그래도 요즈음 남과 북이 사이가 좋지 않아 하루하루가 불안해 죽겠습니다. 아무리 군인은 전쟁을 위해 있는 거라지만, 같은 민족끼리 다시 벌이는 전쟁터에서 목숨을 잃고 싶지는 않습니다.」

「휴, 하필 너와 내가 우리나라에서도 가장 민감한 분쟁지역에 근무한다는 게 유감이로소.」

김 병장도 한숨을 쉬며 박 일병의 말을 받았습니다.

「김 병장님이야 휴가 끝나면 곧 제대지만 저는 아직 갈 길이 창창해서….」

「나도 마찬가지야. 말년에는 떨어지는 낙엽도 조심하라잖아. 야! 꿀꿀한 생각은 걷어버리고 휴가야! 휴가! 현재를 즐기자고. 카르페디엠!」

김 병장은 두 팔을 휘저으며 큰 보폭으로 발걸음을 재촉했습니다. 박 일병도 휘적이며 성큼성큼 따라 갔습니다. 둑 아래쪽부터 바닷가까지는 논이 펼쳐져 있었습니다. 논에서는 이미 안개가 활발하게 떠나고 있었습니다. 안개 대열은 벌써 산 꼭대기까지 치솟아 올라 웅성거리고 있었습니다. 위쪽에 있는 안개가 먼저 급하게 하늘을 향해 날아올랐습니다. 땅안개는 벼들을 촉촉이 감싸고 밤을 지새웠습니다. 해끗해끗 벼꽃들과 게으른 아침 잡담을 하던 땅안개가 같이가자고 붙잡으며 끄트머리로 오르고 있었습니다.

저수지 무넘기 근처에 다다르자 다랑논이 층층이 펼쳐진 끝으로 바다가 보였습니다. 활 모양으로 휘어진 백사장 끝 방파제에는 여객선이 정박해 있었습니다. 빨간 띠를 두른 쾌속선의 모습이 선명하게 보였습니다.

「오! 립스틱 짙게 바른 나의 데모크라시여! 이게 얼마 만이냐! 우리 서로 한 몸이 되어 사랑을 나누자꾸나!」

박 일병이 양팔을 벌리고 허리를 배배 꼬면서 까불었습니다.

「에라이! 빠져가지고.」

김 병장이 모자로 때리려고 하자 박 일병은 후다닥 도망쳤습니다. 김 병장이 선뜻 잡을 수 없는 곳까지 한달음에 내뛰던 박 일병이 뒤를 돌아다보며 외쳤습니다.

「하하하! 김 병장님! 빨리요!」

「야! 야! 같이 가!」

김 병장도 웃으면서 해안도로로 연결된 내리막길을 달려 내려갔습니다.

그때였습니다. 우르릉 쿵쿵하는 폭음이 김 병장의 뒤에서 울렸습니다. 김 병장은 흠칫 뒤를 돌아보았습니다. 저수지 너머 부대 쪽에서 시커먼 연기가 치솟아 올랐습니다. 믿기 어려운 광경에 김 병장은 눈을 의심했습니다. 뒤에 있는 박 일병을 다시 돌아보았습니다. 박 일병도 입을 벌리고 부대 쪽을 쳐다보고 있었습니다.

「우리 시험 사격입니까?」

박 일병이 외쳤습니다.

「저건….」

김 병장의 얼굴이 하얗게 질렸습니다.

「오발 사고일까요?」

박 일병이 근심스러운 듯 다시 외쳤습니다.

그때 콰과광 소리를 내며 산 너머 부대 쪽에서 다시 검은 연기가 치솟아 올랐습니다. 연기는 능선 너머 여기저기에서 피어올랐습니다.

「아냐! 저건 적의 포격이야. 전쟁이다!」

김 병장이 고함치며 부대를 향해서 뛰었습니다.

「이게 웬일이랍니까?」

박 일병도 울부짖듯 외치며 김 병장을 뒤따랐습니다. 김 병장은 걸리적거리는 가방을 길가에 집어 던져버렸습니다. 뒤에서 그 모습을 본 박 일병도 허겁지겁 가방을 팽개쳤습니다. 김 병장은 있는 힘을 다해 뛰었습니다. 박 일병도 뛰었습니다. 유류고 앞을 지날 때 짧은 순간 유류고 정문 근무자와 눈이 마주쳤습니다. 그는 몹시 당황한 표정으로 전화기에 대고 소리를 지르고 있었습니다.

피리리릭!

바람을 가르는 소리가 오른쪽 허공에서 들렸습니다. 김 병장은 속도를 줄이고 뒤를 돌아보았습니다. 박 일병도 따라서 뒤를 돌아보았습니다. 유류고 안쪽과 초소 뒤 그리고 논바닥에서 동시에 불이 번쩍하더니 천지를 뒤흔드는 소리가 들려왔습니다. 이렇게 가까이에서 포탄이 터지는 것을 김 병장도 박 일병도 본 적이 없었습니다. 소리만 들어도 까무러칠 지경이었습니다. 공포에 질린 박 일병이 넋이 나간 채 서 있었습니다.

「뛰어!」

김 병장이 목청껏 소리쳤습니다.

「네?」

박 일병은 화들짝 김 병장 쪽을 돌아보았지만, 초점 없는 눈만 희번덕거릴 뿐 도무지 뛸 생각을 하지 않았습니다.

「뛰란 말이야! 이 새끼야!」

김 병장이 다시 한번 박 일병을 향해서 악을 쓰며 부대를 향해 뛰기 시작했습니다. 그제야 박 일병이 김 병장의 말을 알아차린 듯 머리를 두 손으로 감싸 쥐고 김 병장을 따라 뛰었습니다. 김 병장이 산모퉁이를 돌기 직전이었습니다. 소나무 숲에 온통 하얗게 내려앉은 백로 떼가 눈에 들어왔습니다.

피리리릭!

또다시 바람을 가르는 소리가 들려왔습니다. 잠시 후 백로 숲속에서 연속적으로 불빛이 번쩍번쩍했습니다.

쾅! 쾅!

숲이 흔들거리고 이내 세찬 폭발음이 들려왔습니다. 김 병장과 박 일병은 고개를 숙이며 뛰었습니다. 길바닥에 날개를 펴고 널브러진 왜가리가 보였습니다. 날갯죽지가 떨어져 나간 백로도 보였습니다.

피이익!

바람을 가르는 소리가 또 들려왔습니다. 그런데 이전과는 달리 소리가 길게 이어지지 않고 짧게 끊겼습니다. 포탄이 바로 근처에 떨어진다는 것을 김 병장은 직감했습니다.

「엎드려!」

김 병장이 고함을 지르며 몸을 날렸습니다.

쾅!

천지를 뒤흔드는 소리와 함께 흙덩이가 등에 후두둑 떨어졌습니다. 잠시 후 김 병장은 몸을 일으켰습니다. 몹시 지친 얼굴로 가쁘게 숨을 몰아 쉬었습니다. 김 병장은 비척비척 뒤로 몸을 돌렸습니다. 몇 보 앞, 포탄이 떨어진 곳에서는 시커먼 연기가 치솟아 올랐습니다. 그런데 박 일병이 보이지 않았습니다.

「박 일병! 박 일병!」

김 병장은 악을 쓰며 박 일병을 불러댔습니다. 이내 박 일병이 김 병장의 시야에 들어왔습니다. 포탄이 터진 구덩이에서 한참 떨어진 곳이었습니다. 박 일병은 길가 풀밭에 팔과 다리는 아무렇게나 벌린 채로 누워 있었습니다.

「박 일병! 야 임마!」

김 병장이 울부짖으며 박 일병을 향해 뛰었습니다. 길 한가운데 자동차만 한 포탄 구덩이에서는 연신 검은 연기가 피어올랐습니다. 흙구덩이를 비켜 박 일병에게 다다랐을 무렵이었습니다. 귀청을 찢는 소리와 함께 무엇인가 등을 세차게 쳐댔습니다. 순간, 몸은 공중으로 튀어 올랐고 정신은 아뜩해졌습니다. 저 아래 박 일병이 하늘을 향해 누워 있는 것이 정지화면처럼 눈에 들어왔습니다. 박 일병은 분홍 여뀌꽃이 융단처럼 펼쳐진 길섶에 눈을 뜨고 누워 있었습니다. 김 병장을 보는 것 같았지만 표정에 아무런 변화가 없었습니다. 박 일병의 발아래 쪽 멀리 파란 바다에는, 립스틱을 바른 듯 빨간 띠를 두른 배가 선연히 보였습니다. 이제 안개는 모두 걷혔습니다.

절망

    키다리의 활약으로 화기애애해진 분위기는 오래가지 못했습니다. 구영오 일행이 새로 들어온 이후에도 문은 좀처럼 열릴 낌새가 보이지 않았습니다. 물류 센터는 오직 탈출만을 꾀하는 수용소 같이 되어 버렸습니다. 오순도순 구순했던 분위기는 그저 언발에 오줌누기 식으로 되어버렸습니다. 나가지 못하는 것이 마치 남의 탓인 양 같은 처지의 동료조차 차별과 원망의 대상일 뿐이었습니다.

"이 창고 안에서 결국 우리는 모두 썩어 문드러지고 말거야."

"킥킥! 그럼 마네킹 공동묘지가 되겠네?"

"걱정마! 가치가 떨어지면 재활용 용광로에 들어갈 테니. 다시 태어나는 거지."

"몸을 녹여 다시 태어나면 쓰레기통으로 탄생할지도 몰라."

삼삼오오 친한 이들과만 뭉쳐 나쁜 말을 일삼아 댔습니다. 참을성은 서서히 바닥이 드러나고 있었습니다. 사소한 일에도 화약에 불이 붙듯 싸움으로 번졌습니다. 소방수 역할을 했던 키다리가 나서도 잘 꺼지지 않는 날이 많아졌습니다. 번번이 같은 역할로 나서는 것도 맥이 빠지는 일이었습니다. 자신의 중재도 별 효험이 없게 되자 키다리는 더 이상 나서지 않았습니다. 심드렁하기는 당사자들도 마찬가지였습니다. 할아버지의 꾸지람은 아예 먹히지도 않았습니다.

키다리는 서서히 지쳐갔습니다. 더 이상 요일을 나타내는 입술과 코를 갈아 붙이지 않았습니다. 키다리의 입술과 코는 달력 구실을 했습니다. 키다리의 코와 입술 색깔로 날짜와 요일을 알았지만, 이제는 날짜를 가는 것도 모르게 되었습니다. 코와 입술을 뗀 키다리는 무표정한 얼굴로 늘 벽에 기대앉아 있기만 했습니다. 싸움이 벌어져도 그전처럼 나서지도 않고 물끄러미 바라볼 뿐이었습니다. 할아버지도 포기한 듯, 고개를 설레설레 저을 뿐 말릴 생각을 하지 않았습니다.

그러던 어느 날이었습니다. 햇빛이 문틈새로 스며 들어오던 늦은 오후였습니다. 찌이잉하는 전자기음이 센터 안에 울려 퍼졌습니다. 모든 이들의 청각을 일깨우는 그 소리는 언제 들어도 흥분이 되었습니다. 몸에도 전기가 흐르듯 온몸이 찌릿했습니다. 이어 경보음이 반복적으로 울리고 덜컹 소리를 내며 거대한 철문이 벌어졌습니다.

키리리릭. 키리리리릭.

키릭. 키리리리릭.

쇠바퀴 구르는 소리가 이전과는 다르게 불규칙했습니다. 먼지와 모래가 잔뜩 쌓인 레일을 굴러가는 바퀴에서는 요란하고도 낯선 소리가 났습니다. 소름돋는 금속 소리가 간헐적으로 섞여 나왔습니다.

문이 열리면서 늦은 오후의 햇볕이 나란히 서 있던 사람들의 긴 그림자를 차례차례 바닥에 눕혔습니다. 그림자는 입구쪽에 가장 가까운 구영오에 맞닿아 있었습니다. 터질 듯한 기대감은 사라지고 긴장감이 빠른 속도로 교차했습니다. 누구도 숨소리조차 내지 않았습니다. 어디선가 꿀꺽하고 침을 넘기는 소리만 한 번 들렸을 뿐이었습니다.

오른쪽에 있던 직원이 먼저 들어오면서 문 안쪽에 있는 전원 스위치를 켰습니다. 그러자 센터 안은 눈부시게 밝아졌습니다. 잠시 후 사장의 안내에 따라 군인들이 들어왔습니다. 제일 앞쪽에 있는 사람의 모자에는 검정 별이 붙어 있었습니다. 그는 함께 온 군인 중에 키가 가장 작았습니다. 색안경을 끼고 있어 눈은 보이지 않았지만, 힘을 주고 있는 코와 앙다문 입 모양에서 그의 위세를 느낄 수 있었습니다. 그들은 다른 데로 눈 한번 돌리지 않고 곧장 구영오 앞에 와서 멈추어 섰습니다.

「이 모델입니다. 장군님!」

사장이 깍듯이 허리를 굽히며 말했습니다. 그러자 색안경을 낀 군인이 다가서며 천천히 구영오를 한 바퀴 돌아보았습니다. 그러고는 구영오의 팔뚝을 만지작거리며 고개를 끄덕였습니다. 그러다가 퍼뜩 무엇을 발견한 양 후리듯 색안경을 벗어젖혔습니다. 짙은 눈썹에 눈꼬리는 아래로 쳐졌지만, 가느다란

눈매가 힘을 주어 넓어진 그의 콧구멍과 잘 맞아 떨어졌습니다. 그는 눈을 모아 구영오의 목에 걸린 인식표를 뚫어져라 들여다보았습니다.

「무슨 문제라도….」

그의 양미간이 천천히 찌푸려 드는 것을 눈치챈 사장이 조심스럽게 물었습니다. 하지만 그는 아무 말도 하지 않고 인식표를 낚아챌 뿐이었습니다. 인식표는 구영오의 목에서 힘없이 떨어져 나갔습니다. 볼 체인이 인식표에 매달려 흔들거렸습니다. 그는 색안경을 다시 쓰고 문 쪽으로 휙 발길을 돌렸습니다. 부하들은 재빨리 그를 뒤따랐습니다. 직원들도 종종걸음으로 따라갔습니다. 성큼성큼 문을 향해 걸어가던 그는 손에 쥔 것을 휙 던져 버렸습니다. 가벼운 금속성 소리를 내며 인식표가 바닥에 떨어졌습니다. 인식표는 정확하게 그의 보폭 아래 놓였고, 그는 그것을 비벼 밟고 지나갔습니다.

바그작!

인식표에 매달린 쇠줄이 군화에 갈리면서 내는 소리가 센터 안에 뚜렷하게 퍼져나갔습니다. 줄에서 떨어져 나온 조그마한 쇠구슬이 군화 바닥에 밀려 사방으로 굴러 나갔습니다. 사람들이 모두 나가고 문이 닫혔습니다.

"전쟁기념관 같은 데로 데려가려는 걸까?"

"그런데 가는데 군인이 직접 나서나?"

센터 안은 술렁거리기 시작했습니다. 구영오는 자신의 발아래까지 굴러온 쇠구슬을 물끄러미 내려다보았습니다.

"뭐야? 내리 계속되는 이 생뚱맞은 출입들은?"

벽에 기대어 있던 리베로가 못마땅한 투로 말했습니다. 팔짱을 낀 채 애써 태연한 척하고 있었지만 리베로도 두려움에 짓눌린 표정이었습니다.

와장창!

리베로의 말이 끝나기 무섭게 무엇인가 부서지는 소리가 들렸습니다. 모두가 깜짝 놀라 소리 나는 곳을 쳐다보았습니다.

"뭐가 어쩌구 어째?"

추엉립이 옆에 세워져 있던 나무상자를 밀치고 나서 리베로에게 달려들었습니다. 누가 말릴 틈도 없었습니다. 추엉립은 한 손으로 리베로의 목을 걸면서 우악스럽게 벽에 밀어붙였습니다.

"이 투덜이 자식! 너 같은 놈은 주둥이를 달아 놓지 말았어야 했어!"

목이 졸린 리베로의 얼굴은 잔뜩 겁에 질려 있었습니다.

"켁켁! 이거 왜 이래?"

리베로가 양손으로 추엉립의 팔을 움켜잡고 풀어보려고 했지만 추엉립의 왼팔은 마치 철봉처럼 꿈쩍도 하지 않았습니다.

"왜 이러냐고? 왜 우리까지 싸잡아 씹는 거야? 우리가 네놈한테 뭔 해코지라도 했느냐?"

추엉립의 몸은 노여움에 부르르 떨렸습니다.

"으으! 이거 놓고 정정당당하게 대화로 하자고."

리베로는 숨이 넘어갈 듯한 목소리로 간신히 말을 마쳤습니다.

"정정당당? 대화? 그런 걸 알기나 하는 거야? 지나가던 개가 웃겠다!"

추엉립이 주먹을 불끈 쥐고 리베로의 얼굴로 주먹을 내지르려는 순간 누군가가 추엉립의 손목을 잡았습니다.

"어떤…."

추엉립은 팔목을 잡힌 채 뒤를 돌아다보았습니다.

구영오였습니다. 어느새 구영오가 추엉립의 뒤로 와서 손목을 잡았던 것입니다. 구영오도 눈을 치뜨고 추엉립을 쏘아보았습니다. 그러자 추엉립의 눈이 살짝 흔들렸습니다. 구영오가 고개를 가로저었습니다.

"놔! 이런 자식은…."

추엉립이 구영오의 눈을 외면하며 손을 뿌리치려 했습니다. 하지만 구영오는 손을 놓지 않고 더 꽉 잡았습니다. 리베로는 곧 숨이 넘어갈 듯 얼굴이 하얗게 질려 있었습니다. 추엉립이 구영오에 잡힌 손을 재차 뿌리치려 하자 구영오가 나직이 말했습니다.

"추 동무!"

그러자 추엉립이 흠칫 놀라며 구영오를 쳐다보았습니다. 구영오가 빙긋 웃으며 고개를 끄덕였습니다. 추엉립이 고개를 숙이고 잠시 생각하더니 리베로의 목을 움켜쥔 손을 풀었습니다. 추엉립의 손아귀에서 풀려난 리베로가 철퍼덕 무릎을 꿇더니 목을 감싸 안고 켁켁거렸습니다. 리베로는 천장을 보며 숨을 몇 번 고르더니 자기 자리로 비척비척 돌아갔습니다. 그때 리베로 가까이에 있던 추상 마네킹이 튀어나와 리베로를 부축했습니다.

"놔! 말도 못하는 게…."

리베로가 추상 마네킹의 손을 매몰차게 뿌리쳤습니다. 추상 마네킹이 흠칫 놀라 뒤로 물러섰습니다.

"왜? 너희도 내가 당하는 게 고소하냐?"

추상 마네킹이 아니라고 손사래를 쳤습니다. 그러자 리베로는 매섭게 윽박질렀습니다.

"주제 파악이나 하셔! 그런 값싼 동정 집어치우고. 너희는 도구야! 그저 옷걸

이일 뿐이라고! 땀 냄새 나는 직원들 작업복을 걸어 두는 저 스탠드 옷걸이와 너희들이 다른 게 있는 줄 알아? 인간들이 너희를 죽일 때는 죄책감조차 느끼지 못한다고!"

추상 마네킹은 이러지도 저러지도 못하고 멈칫거렸습니다.

"나도 쟤 말대로 이 빌어먹을 주둥이가 없었으면 좋겠다고! 너희들처럼!"

리베로가 추상 마네킹에게 울부짖듯 소리를 질렀습니다. 추상 마네킹은 결국 터덜터덜 자기 자리로 돌아갔습니다. 얼굴 없는 추상 마네킹의 어깨는 축 쳐져있었습니다. 그 상황을 지켜보고 있던 추엉립이 아니꼬운 눈길로 리베로를 쏘아봤습니다.

"왜 애먼 애한테 화풀이야! 내가 주둥이를 탓한 게 쟤들을 빗댄 거야? 양아치 같은 놈. 그래! 우리도 쟤들처럼 네 놈이 쑤셔댈 만큼 물렁해 보였냐? 네 놈처럼 겉이 번지르르하지 않으니까 속까지 없는 줄 알았더냐?"

추엉립의 주먹 쥔 손이 바르르 떨렸습니다.

"너도 이곳에서 반년쯤 푹 절어봐! 어깨 위에 쌓인 먼지가 얼마나 절망스럽게 무거운지 알게 될 테니!"

한 손으로 목을 주무르던 리베로가 추엉립의 날카로운 시선을 외면한 채 울부짖었습니다.

"같잖은 놈! 터진 입이라고 고작 한다는 소리가…. 너만 오랫동안 나가길 기다린 줄 알아? 우리도 여기 오기까지 꼬박 겨울을 넘겼어. 그런 대가가 고작 너 같은 놈 꼴을 보게 된 거라고! 너뿐인 줄 알아?"

"추엉립!"

구영오가 추엉립의 말을 막았습니다. 하지만 구영오의 만류에도 아랑곳하지 않고 추엉립은 말을 계속 이어갔습니다.

"우리를 따돌리는 분위기, 모를 줄 알아? 절망이라고? 정정당당한 걸 잘 아는 놈이니까 절망도 잘 알겠네. 물과 기름 사이가 절망이지. 섞일 가망이 없으니까. 우리가 기름처럼 겉돌 수밖에 없는 너희들의 보이지 않는 벽. 그게 절망이야. 싸늘한 차별의 눈빛, 우리가 그걸 모를까 봐? 아까 봤지? 군인들. 우릴 데려가려나 본데 어쨌거나 우린 나간다. 어딜 가든지 숨 막히는 여기보단 나을 거야. 지지고 볶고 한세월, 잘들 있어라!"

추엉립이 가슴에 맺힌 말을 쏟아 놓았습니다. 말을 마치기를 기다린 구영오가 추엉립의 팔을 끌었습니다. 추엉립은 구영오의 손에 이끌려 마지못해 돌아서며 손을 허리춤에 얹고 분을 삭였습니다. 센터 안은 얼어붙은 듯 조용해졌습니다. 모두 굳은 표정으로 자기 자리로 돌아갔습니다. 키다리는 여전히 벽에 기대어 멍하니 앉아 있었고, 어둠이 짙게 드리워진 할아버지 자리에서는 간간이 가래 끓는 소리만 났습니다.

이별

 키다리가 나간 것은 군인들이 구영오 일행을 보고 간 다음 날이었습니다. 전날에 이어 다시 문이 열린 그날은 누구도 들뜬 마음을 갖지 않았습니다. 분명 전날의 군인들과 관련이 있으리라 생각했습니다. 그런데 뜻밖에도 직원들은 구영오 일행이 아닌 키다리를 차에 실었습니다.

"어떻게 된 거야?"

"할아버지처럼 사고로 빈자리가 생긴 거겠지."

"전쟁이 끝나고 그 전처럼 화해한 건가? 그럼 우리도 이제 나갈 수 있겠네?"

"순진하긴…. 어제 들이닥친 군인들 잊었어?"

수런수런 키다리가 나간 이유를 추측해 보았습니다. 하지만 다들 멍한 표정이었습니다.

"정말 잘 되었어! 정말! 그렇게 바라던 일을 하게 되었으니…."

할아버지가 환하게 웃으며 말하고는 자리로 돌아갔습니다. 할아버지는 바위같이 앉아서 키다리 자리를 바라보았습니다.

"정말 잘 되었어!"

할아버지는 마치 손주가 취직이라도 한 듯 힘차게 고개를 끄덕였습니다. 보관대 벽 쪽 할아버지 자리는 키다리와 마주하고 있었습니다. 막다른 자리는 나갈 가능성이 가장 낮은 곳 이라는 것을 모두가 잘 알고 있었습니다. 할아버지와 대화하는 사람은 주로 키다리였습니다. 물류 센터 안에서 가장 오래된 사이라는 이유도 있지만 키다리는 남다르게 할아버지와 이야기하는 것을 즐겼습니다. 한번은 블링맨이 키다리에게 넌지시 물어보았습니다.

"넌 늙은이와 얘기하는 것이 좋아?"

키다리는 차분하게 미소를 지으며 대답했습니다.

"할아버지의 경험을 듣는 게 재미있어. 거기에는 지혜가 가득하거든."

키다리가 나가자 가장 낙담한 것은 읍달무였습니다. 센터 안에서 읍달무는 '추종자'였습니다. 키다리를 몹시 따랐기 때문에 붙은 별명입니다. 읍달무는 키다리의 말만 따라 하지 않았지 거의 모든 동작을 따라 했습니다. 키다리의 눈짓, 몸짓, 표정까지 흉내 내었습니다. 키다리는 눈, 코, 입, 귀가 제각각 놀았습니다. 심지어 읍달무는 그런 것까지도 흉내 내려 애썼습니다. 키다리가 말을 할 때면 눈이 커지는 데 그럴 때면 읍달무도 따라서 눈을 키웠습니다. 상대방의 말을 들을 때는 눈을 동그랗게 뜨고 눈꺼풀을 여러 번 치켜뜨기를 하는데 그것도 따라했습니다. 키다리가 눈동자를 돌리면 읍달무도 빙글빙글, 코를 벌름벌름하면 읍달무도 벌름벌름. 하지만, 귀를 쫑긋하는 것은 읍달무가 따라 하지 못했습니다. 키다리가 귀를 쫑긋쫑긋 움직이면, 읍달무도 따라 해보지만 늘 읍달무는 눈과 이마만 움직일 뿐이었습니다. 구영오는 그러한 읍달무를 보며 즐겁게 웃었지만 추엉립은 아주 못마땅하게 여겼습니다.
"야! 우리 같은 특급, 체면 좀 세우자. 너 때문에 우리가 도매금으로 넘어가잖아!"

"무슨 특급? 난 보통이 좋아. 체면? 그래 난 최면 걸렸어. 키다리한테…."
추엉립의 핀잔에도 읍달무는 아랑곳하지 않았습니다. 읍달무에게 키다리는 숭배의 대상이었습니다. 하루하루의 즐거움이자 살아가는 이유였습니다. 틈만 나면 키다리에게 달려가 공 돌리기를 가르쳐 달라고 졸라댔습니다. 마지못해 키다리가 공 돌리기를 보여주면 넋을 놓고 쳐다보았습니다. 읍달무는 키다리가 지쳐서 나가떨어질 때까지 '한 번 더'를 주문했습니다. '한 번 더'가 '딱 한 번만 더'로, 그리고 그것이 끝나면 '마지막으로 딱 한 번만 더'를 했으며, 마지막이 끝나면 진짜 마지막, 그다음에는 진짜 진짜 마지막을 써먹었습니다. 하지만 키다리는 크게 귀찮은 내색은 하지 않았습니다. 오히려 성의를 가지고 읍달무를 가르쳤습니다. 우울하고 따분한 센터 안에서 읍달무도 키다리에게는 소일거리를 넘어 커다란 위안이었습니다. 읍달무는 매일 키다리에게 저글링을 배웠습니다. 키다리는 읍달무에게 자기의 코로 저글링을 가르쳐 주었습니다. 코 한 개로 기초를 다지고, 두 개 돌리기에 익숙해진 뒤에는 세 개 돌리기로 들어갔습니다.

"오른손으로 던져서 왼손으로 받을 때 코가 날아가는 보이지 않는 선이 있지? 이걸 팔매선이라 하는데 이게 던질 때마다 똑같이 그려져야 하는 거야. 이렇게! 이렇게!"

키다리의 손놀림을 보면 코를 던지는 것이 아니라 마치 코를 쏘는 것 같이 손바닥에서 풍풍 솟아오르는 것 같았습니다.

"두 개로 하는 연습은 이쯤 해두고 이제부터는 세 개 돌리기. 소리 내어 리듬을 타면서 돌려봐. 이렇게! 일. 이. 삼. 사. 일. 이. 삼. 사."

키다리는 색색의 코에 번호를 매겨 읍달무에게 돌리는 요령을 가르쳐 주었습니다.

"일. 이. 삼. 어어!"

"똑같은 힘으로 던지란 말야! 팔매선이 들쭉날쭉하면, 받는데 정신이 팔려 몇 바퀴 돌리지 못한다고!"

"일. 이. 어어어!"

두 개와는 다르게 세 개 돌리기는 만만치 않았습니다. 같은 힘으로 던지라고는 했지만 그게 잘 되지 않았습니다. 던지는 코의 높이가 들쭉날쭉하니까 받는데 정신이 팔려 던지는 것을 잊어버리기도 하였습니다. 던져야 할 코를 그대로 손에 쥐고 있으니 뒤늦게 두 개를 동시에 던지기 일쑤였습니다. 일단 같은 힘으로 던질 수 있게 하려면 인이 박이게 연습하는 길뿐이었습니다. 읍달무는 계속 연습했습니다. 하지만 하루 한 시간 밖에 연습할 수가 없었습니다. 키다리의 소중한 코가 손이 타 색깔이 변할 수 있으므로 애초에 키다리가 그렇게 시간을 정하였습니다. 읍달무가 시간이 너무 적다며 투덜대자 키다리는 단호하게 대답했습니다.

"매일 한 시간씩이라도 푹 절어봐. 머잖아 쩐다는 소리를 들을 테니."

코 사용에 대해서는 읍달무도 더 이상 조를 수만은 없었습니다. 하루 한 시간이라도 어깨가 뻐근할 정도로 쉬지 않고 돌렸습니다. 코에는 땀이 송골송골 맺혔습니다. 돌리던 코를 키다리에게 되돌려주고 나면 마치 공이 들려 있는 듯 손을 흔들어 댔습니다. 비록 빈손이었지만 읍달무의 눈은 보이지 않는 선을 따라서 쉼 없이 왔다 갔다 했습니다. 마치 읍달무의 눈이 공이 된 것 같았습니다. 그러기를 삼 일째 되는 날, 잘되지 않는다며 푸념하던 '마의 세 바퀴'를 기어이 넘어섰습니다.

"일. 이. 삼. 사. 일. 이. 삼. 사. 으으. 이일. 이이. 사아암. 사! 앗싸!"

세 바퀴를 성공시키자 읍달무는 세상을 다 가진 것 같이 좋아하며 공중제비를 돌았습니다. 읍달무도 키다리를 흉내 내 공중제비를 할 줄 알았습니다. 하지만, 동작은 부드럽지 못했고 공중에서 땅으로 내려서기를 할 때도 어설프기 짝이 없었습니다. 착지할 때면 엄청난 몸무게 때문에 지진이라도 난 듯 바닥이 울렸습니다.

-곁에 가기도 겁난다니까? 저 족속들한테 깔리면 사망이야!

읍달무가 공중제비할 때는 행여 차이기라도 할까 봐 주변에 있는 이들은 공포에 떨어야 했습니다. 리베로의 불평이 과장된 것만은 아니라고 다들 생각하던 터였습니다.

그런 읍달무에게 키다리의 떠남은 마른 하늘의 날벼락이었습니다.

"병 돌리기도 해야 하는데…."

읍달무는 키다리가 떠나자 철퍼덕 주저앉아 울었습니다. 이곳에 오래 있고 싶다고 한 것은 키다리 때문이었는데 이제 그럴 이유가 사라져 버렸습니다.

"이제 무슨 낙으로 사나."

읍달무는 아예 꺼이꺼이 목을 놓아 울었습니다. 눈물을 흘리며 읍달무를 바라보던 바비걸도 얼굴을 감싸며 엉엉 울었습니다. 그러자 다른 이들도 따라서 훌쩍거리기 시작했습니다. 센터 안은 눈물바다로 변했습니다. 리베로조차 넋이 나간 모습을 하고 읍달무가 울어 대는 것을 물끄러미 바라보았습니다. 키다리의 빈자리는 컸습니다. 현재의 구성원들이 하나둘 채워지기 이전부터 키다리는 늘 그 자리에 있었습니다. 물론 언젠가 나갈 것이라고는 짐작하고 있었지만, 그 시기도 자신들보다는 늦으리라는 막연한 믿음이 자리했던 것입니다.

"누가 죽었냐?"
한동안 다른 이들이 우는 모습을 바라보던 리베로가 앞으로 나서며 소리쳤습니다. 모두 리베로를 쳐다보았습니다.
"누가 죽었냐고!"
리베로가 양손을 내뻗으며 다시 외치자 센터 안은 쥐 죽은 듯 조용해졌습니다.
"넌 또 갑자기 왜 그래? 흑흑! 어제 추엉립한테 당한 게 분해서 그러는 거야?"
읍달무가 팔뚝으로 눈물을 훔치면서 말했습니다. 읍달무 곁에 있던 추엉립은 여전히 마뜩잖은 곁눈질로 리베로를 쏘아보았습니다.
"여기서 나갔으면 당연히 더 좋은 데로 갔겠지! 그랬으면 축하할 일이지 이렇게 통곡해대서야 되겠냐고? 키다리는 여기서 나가지 않고 영원히 우리 뒤만 봐줄 줄 알았나 보지? 지금 흘리는 눈물은 이별의 슬픔이 아닌 거야. 자기보다 먼저 나가서 서운하다는 거지?"
모두 아무 말이 없었습니다. 읍달무가 울음을 참느라 껄떡대는 소리만 들렸습니다.

"생각해봐! 우리도 곧 나갈 수 있다는 신호잖아. 키다리가 나간 것은 우리에게 희망이라고. 그런데 왜 징징거리는 거야?"

리베로의 표정은 단호했습니다. 그 기세에 눌려 읍달무도 더 이상 대꾸하지 않았습니다. 추엉립도 리베로와 눈이 마주치자 시선을 피했습니다. 리베로는 읍달무에게 다가갔습니다. 읍달무가 물기가 가득한 눈으로 리베로를 올려 보았습니다.

"기분도 꿀꿀한데 키다리 대신 추종자가 저글링으로 분위기 좀 바꿔봐. 제법 하는 것 같던데."

리베로가 건네는 말에 읍달무는 여전히 울음을 참느라 헐떡이며 물었습니다.

"너답지 않게. 왜 그래?"

"추엉립 건하고 연결 지우지 마. 적어도 난 누가 먼저 나간 걸 시비한 적은 없었어. 자기한테 희망이 될 게 뭔지도 모르는 바보짓은 하지 말아야지, 안 그래? 읍달무!"

"코도 없어. 키다리가 갔으니 코도 따라간 거지."

"여기 있어."

리베로가 내민 손에는 골프공이 들려 있었습니다. 하얀 골프공 두 개 사이에 빨간 골프공이 하나 놓여 있었습니다. 읍달무의 눈이 휘둥그레졌습니다.

"쓰레기통에 버려져 있더군. 감추어 두었지."

리베로가 손을 내밀며 거듭 권하자 읍달무는 눈물을 훔치며 아이처럼 웃었습니다. 조금 전의 슬픈 표정은 온데간데없었습니다. 그런 읍달무를 보고 리베로도 환하게 웃었습니다. 읍달무가 공을 받아들어 까딱까딱 예비동작을 몇 번 하더니 공을 돌리기 시작했습니다.

"하나아! 두우울! 세에엣!"

읍달무는 한 바퀴를 돌릴 때마다 입으로 번호를 매겼습니다. 번호를 매기는 목소리는 엄숙했고 표정은 사뭇 비장했습니다.

"다아섯! 여어섯!"

한 번도 넘어보지 못한 숫자에 도달했지만 읍달무의 표정은 변하지 않았습니다. 오히려 횟수를 더할 때마다 점점 담담한 표정이 되어 갔습니다. 읍달무는 번호를 매기지 않았습니다. 이제 번호는 다른 이들이 매겨 나갔습니다.

"아홉! 열!"

읍달무는 홀린 듯 돌려댔습니다. 그러자 일제히 박수가 터져 나왔습니다. 구영오와 추엉립도 흥분한 표정으로 손뼉을 쳤습니다. 손뼉을 치다가 리베로와 추엉립이 눈을 마주쳤습니다. 리베로는 추엉립을 빤히 바라보며 빠른 동작으로 손뼉을 쳤습니다. 추엉립은 그 모습을 보고, 이를 악물고 눈에 힘을 주며 리베로보다 더 빠른 동작으로 쳤습니다. 그러자 리베로는 손 바닥 간격을 더욱 좁히며 모터가 달린 것처럼 쳐댔습니다. 얼굴이 터질 정도로 힘을 주어 표정은 거의 울상이 되었습니다. 추엉립이 웃음을 터뜨리자 리베로도 배를 잡고 웃었습니다. 계속 돌릴 수 있을 것 같은 읍달무도 나오는 웃음을 참지 못하고 공을 떨궜습니다. 스무 바퀴째였습니다. 공 돌리기를 마친 읍달무는 펄쩍펄쩍 공중제비를 돌았습니다. 하지만 이번에는 아무도 불안해하지 않았습니다. 읍달무의 공중제비가 한결 부드러워진 이유도 있었습니다. 모처럼 센터 안에 웃음소리가 퍼졌습니다.

재회

 트럭은 비닐하우스가 양편에 늘어선 사잇길을 빠져나가고 있었습니다. 구영오는 뒤를 돌아보았습니다. 거대한 바위 하나로 이루어진 산이 보였습니다. 물류센터의 뒷산입니다. 산 중턱에는 소나무 한 그루가 마치 사람이 기어오르고 있는 것 같았습니다. 창가에서 키다리와 달맞이할 때, 떠오르던 달을 붙잡는 것처럼 보였던 바로 그 소나무였습니다. 흙 한 줌 없을 것 같은 바위산인데도 소나무는 굳세게 뿌리를 박고 서 있었습니다. 바위산 비탈면은 센터 쪽으로 흐르듯이 뻗어 내려 있었습니다. 그 끝에 빨간 외쪽지붕이 보였습니다. 지붕 위에는 검정 글씨로 MANEKING이라고 쓰여 있었습니다. 한 달

남짓 머물러 있었지만 잊을 수 없는 추억이 서린 곳이었습니다.

리베로.

구영오는 리베로를 떠올렸습니다. 치렁치렁한 머리에 파란 유니폼. 리베로는 축구박물관으로 가기로 정해져 있는 밀랍 인형입니다. 리베로는 매사에 투덜거리고 비틀어서 말하는 성격이었습니다. 하지만 밑바탕은 따뜻한 성격 같았습니다. 나중에 읍달무에게 공 돌리기를 시켜 센터 안의 분위기를 바꿔놓은 것을 보면 속까지 꼬인 게 아니라는 생각이 들었습니다.

구영오는 배시시 웃었습니다.

"웃음이 나오냐?"

추엉립이 한심하다는 듯이 물었습니다.

"달무나 너나 그저 속이 편한 거냐?"

"리베로 생각이 나서 그래."

구영오가 여전히 웃으면서 대꾸했습니다.

"그 자식 웃기데. 그날 그렇게 변한 것을 보면."

"키다리가 없어지니 누군가 나서야 한다는 현실을 깨달은 것 같아."

"진작 그러면 좀 좋아?"

"키다리에 기대어 갔던 거겠지."

"그날 이후에도 독설은 여전하더군. 하긴, 한 번 그래 놓으니까 깐죽거려도 이제 다들 웃어넘기지만…."

"맞아! 리베로는 뿌리까지 나쁜 놈은 아니었어. 이 골프공을 봐!"

읍달무가 끼어들며 손을 내밀어 보였습니다.

"너 그거 어떻게 가져왔어?"

추엉립이 깜짝 놀라며 물었습니다. 구영오도 눈이 휘둥그래졌습니다.

"준 것도 못 챙겨서야…. 다 방법이 있지."

읍달무가 으스대며 말을 이었습니다.

"골프공을 숨겨두고 날 준 게 원래 걔의 마음이었어. 걔도 평화주의자였던 거야. 삐딱한 평화주의자."

"그새 속까지 다 아는 사이가 된 거야?"

추엉립이 눈을 흘기며 물었습니다.

"히힛! 어젯밤 리베로가 직접 한 말이야. 다 같은 처지인데 안달복달하는 것을 보면 참고 있다가도 더 화가 나서 자꾸 빈정대고 싶어진다더군. 자기는 꼬우면 못사는 체질이라나?"

구영오와 추엉립은 서로 눈을 마주치며 고개를 끄덕거렸습니다.

"나는 그 마음을 받아들이기로 했어."

읍달무가 골프공을 조몰락거리며 말했습니다.

 트럭은 파란 지붕의 창고 사이를 빠져나와 큰 도로로 접어들었습니다. 온 산에는 진달래가 무리 지어 피었습니다. 요 며칠간은 따뜻한 날이 계속되었습니다. 겨우내 위세를 떨치던 동장군이 분홍색 이불에 덮여 잠이 든 것 같았습니다. 그런데 선잠이 든 듯 슬그머니 이불을 걷고 다시 나타나 활개를 쳐대기 시작했습니다. 이른 아침부터 산만하게 흩날리던 진눈깨비가 점점 앞을 분간하기 어려울 정도로 휘몰아치고 있었습니다. 앙상한 나뭇가지 사이로 하늘거리던 분홍 진달래 꽃잎이 진눈깨비 바람에 애처롭게 나부꼈습니다. 적재함 바닥에도 나무상자 위에도 진눈깨비가 덩어리져 쌓였습니다.

고층의 아파트촌 외곽도로를 질주해온 트럭은 반달 모양의 난간이 있는 다리에 올랐습니다. 다리 위는 차들로 몹시 붐볐습니다. 꼬리에 꼬리를 물고 있는 버스에도 출근하는 승객들로 꽉 차있었습니다. 강 건너편부터는 빌딩숲이었습니다. 멀리 보면 볼 수록 빌딩은 높이는 높아만 갔습니다.

"햐! 우리 저기로 가는 거야?"

출발할 때와는 다르게 추엉립은 신이 났습니다. 출근 차량과 뒤섞이고 버스의 승객과 눈이 마주치면서 추엉립은 눈에 띄게 달아올랐습니다.

"도심에서 들려오는 웅웅거리는 소리 들려? 살아서 꿈틀대는 도시의 소리."

추엉립은 눈을 감고 흡족한 표정을 지었습니다. 읍달무도 귓바퀴를 세우며 들어보지만 긴가민가하는 표정이었습니다. 읍달무는 기어코 키다리의 귀쫑긋거림까지 따라한 마당이었습니다. 가다 서다를 반복하며 다리를 건넌 트럭은 도심으로 향하는 차량의 대열에서 빠져나왔습니다. 추엉립의 바람과는 달리 강을 건너기 직전 다리의 램프로 접어든 트럭은, 클로버처럼 생긴 나들목을 돌아 넓게 뻗은 강변도로로 접어들었습니다. 이제 왼쪽으로 강이 보였습니다. 개성에서 올 때는 오른쪽으로 보였던 강입니다. 트럭은 강을 따라 내닫기 시작했습니다.

"도대체 우리를 어디로 데려가는 거지?"

다리 위에서와는 다르게 추엉립의 말투는 거의 신경질적이었습니다. 볼과 콧잔등에는 진눈깨비가 녹은 물방울이 맺혔습니다.

"도로 개성으로 가는 건가? 반품하러?"

나무 상자의 커다란 틈으로 읍달무가 얼굴을 내밀며 외쳤습니다. 추엉립과는 다르게 읍달무의 눈망울에는 여전히 새로운 세계에 대한 호기심으로 가득 차 있었습니다. 구영오는 말없이 지나가는 풍경을 바라볼 뿐이었습니다.

빠른 속도로 강변도로를 달리던 트럭이 우측으로 차선을 바꾸며 속도를 줄이기 시작했습니다. 이내 휴게소를 알리는 파란색 표지판이 나타났습니다.

평양 230Km 통일동산 쉼터

개성에서 올 때는 보지 못했던 휴게소였습니다. 입구에는 '오픈기념 사전방문이벤트 커피무료'라는 펼침막이 걸려 있었습니다. 휴게소 주차장에는 만국기가 어지럽게 가로질러 있었고 힙합음악이 요란하게 울려 퍼졌습니다.

헛된 기대 따윈 품지마
행복은 남이 주지 않아
싸구려 감상 따윈 집어치워
노래는 현실이 아니야.
날 위해 사랑한다 하지마
날 위해 노래한다 하지마
날 사랑할 이유를 너에게서 찾아봐

휴게소에는 패스트푸드점이 들어서는 중이었습니다. 주차장 한 편에는 의자와 식탁 등 패스트푸드점 집기가 쌓여 있었고 진눈깨비를 피하려 비닐로 덮어 놓았습니다. 트럭은 그 옆으로 다가가 멈추어 섰습니다.
"달무야!"
어디선가 읍달무를 부르는 소리가 났습니다. 읍달무는 소리가 나는 곳을 반사적으로 돌아보았습니다. 구영오와 추엉립도 돌아보았습니다.

"여기야! 여기!"

뜻밖에도 키다리였습니다. 집기를 덮어 놓은 비닐 틈으로 키다리가 손짓하며 읍달무를 부르고 있었습니다. 기사는 트럭에서 내려 종종걸음으로 휴게소로 들어갔습니다.

"와! 사부! 여기로 온 거야?"

화등잔만 해진 눈으로 읍달무가 물었습니다.

"그래! 얼마 떨어지지 않은 곳이었어."

"진짜 세상 좁네? 이런 곳에서 만나다니."

추엉립이 내려다보며 말을 건넸습니다.

"어? 너희 셋 함께 가는 거야?"

키다리가 두리번거리며 물었습니다.

"그래! 그렇게 됐어."

구영오가 대답했습니다.

"야! 그렇게 바라더니 진짜 같이 가는구나. 삼총사!"

대답 대신 구영오는 빙긋 웃었습니다.

"그런데 어디로 가는 거야? 그때 그 군인들과 관련이 있는 거야?"

구영오의 얼굴이 순간 어두워졌습니다.

"모르겠어. 그런데 그 뒤집어쓴 비닐은 언제 벗는 거야?"

구영오가 말을 돌렸습니다.

"이 삼일 더 걸리려나 봐."

"대단하네! 전쟁통인데 이 와중에 개업하네?"

추엉립이 말했습니다.

"여기 사장은 자신이 넘치는 표정이야. 때가 때인지라, 주변에서 걱정하니까 계속되는 내리막은 없다면서 그 때를 준비하는 자만이 열매를 거둘 수 있대."

구영오가 고개를 끄덕였습니다.

"그나저나 센터 안은 별일 없었어?"

"서운해서 울고불고 난리 났지. 그런데 리베로가 나서서 수습했어. 사부 나간 것은 슬퍼할 일이 아니라 희망이라면서."

읍달무가 말했습니다.

"리베로가? 걔한테 그런 면이 있었다고?"

키다리가 신기해하며 물었습니다.

"내가 공연했어. 리베로가 준 공으로 사부가 가르쳐준 저글링을 했지."

읍달무가 골프공을 내보이며 자랑스럽게 말했습니다.

"멋들어지게 성공했어. 무려 스무 바퀴나. 박수갈채가 터져나왔다는 거 아냐."

구영오가 엄지를 치켜들며 윙크했습니다.

"우와! 우리 제자 대견스럽다. 화려한 기교를 부리는 것은 이제 혼자서도 충분히 해 낼 수 있을 거야."

키다리가 손뼉을 치며 격려했습니다.

"그럴까?"

대답을 마친 읍달무의 표정이 어두워졌습니다. 휴게소 문이 열리고 트럭 기사가 나오고 있었습니다.

"사부! 언제나 즐겁게 지내야 해. 콜록! 콜록!"

"그놈의 감기는 애인처럼 달고 다니냐? 우리 어딜 가든지 꿈을 잃지 말자."

커피를 들고나온 기사가 트럭에 올라 시동을 걸었습니다. 트럭의 진동 때문에 나무 상자 위의 진눈깨비 덩이가 읍달무의 정수리로 툭 떨어졌습니다.

"사부! 사부! 잊지 못할 거야."

진눈깨비가 녹은 물이 읍달무의 눈에서 흘러내렸습니다. 키다리가 아무 말 없이 고개만 끄덕이다가 손을 눈으로 가져갔습니다. 다이아몬드가 그려진 눈에서는 눈물이 흘러내렸습니다. 구영오와 추엉립의 눈가에도 물기로 젖어 있었습니다.

트럭은 휴게소를 빠져나와 다시 넓은 도로로 접어들었습니다. 구영오 일행은 아무 말도 하지 않고 스쳐 지나가는 경치만 바라보았습니다. 간간이 읍달무가 기침을 해댈 뿐이었습니다. 바다가 가까운 듯 강폭은 점점 넓어지고 있었습니다. 둔치도 따라서 넓어졌습니다. 강기슭에는 갈대밭이 누렇게 펼쳐져 있었고 움이 튼 버드나무가 마치 연초록 한지를 살포시 덮어 놓은 것같이 몽실몽실 무리 지어 있었습니다. 사람의 흔적조차 찾을 수 없는 원시의 모습 그대로 강은 흘러가고 있었습니다.

트럭은 강을 따라 난 길을 내처 달렸습니다. 개성공단에서 남쪽으로 내려오던 길을 이번에는 북으로 북으로 거슬러 달렸습니다. 길가에는 강으로 내려설 수 없도록 철망이 펼쳐져 있었습니다. 위에는 칼날이 촘촘하게 튀어나온 윤형 철조망이 얹혀 있었고, 건드리면 소리가 나도록 일정한 간격으로 깡통이 걸려 있었습니다. 철망은 길을 따라서 끝없이 이어져 있었습니다.

구영오는 개성공단에서 나와 비무장 지대를 통과할 때를 떠올렸습니다.

DMZ

개성공단을 나와 비무장 지대까지 오는 길 양편도 철망 울타리이기는 마찬가지였습니다. 들판을 가로지르는 길이나 산 사이를 지나는 길에도 철망은 어김없이 쳐져 있었습니다. 그 철망 사잇길을 따라 화물차는 달렸습니다. 사천강을 건너 도라산 쪽으로 내닫던 화물차가 비무장 지대 구간에 들어선 뒤 얼마 지나지 않은 때였습니다. 갑자기 앞바퀴에서 털털털 소리가 나더니 차가 위태롭게 뒤뚱거렸습니다. 휘청거리며 달리던 차를 간신히 길가에 멈춰 세우고 운전사가 허둥지둥 차에서 내렸습니다. 타이어를 살피던 운전사는 하늘을 쳐다보고는 한숨을 크게 내쉬었습니다. 운전석쪽 앞타이어가 팍 짜부러져 있었던 것입니다. 운전사는 적재함 아래 공구 상자에서 타이어 교체 장비를 꺼냈습니다. 직접 타이어를 갈 요량이었지만, 키가 작고 깡마른 운전사 혼자서 타이어를 갈기에는 차의 바퀴가 운전사의 배꼽까지 올 정도로 컸습니다. 바퀴를 물고 있는 나사를 풀려고 렌치에 온몸을 실어도 녹에 찌들어 붙은 듯 나사는 꼼짝도 하지 않았습니다. 어느 것 하나 제대로 되지 않고 시간만 흐르자 몹시 초조해졌습니다. 운전사는 자꾸 시계를 쳐다보았습니다. 예정보다 반출 허가가 늦어져 다른 차보다 한참 늦게 공장을 출발했기에 도로에는 도움을 청할 어떤 차도 지나가지 않았습니다.

「아악!」

외마디 비명과 함께 뗑그렁 하고 렌치가 도로에 떨어졌습니다. 운전사가 진저리를 치며 일어서고는, 손잔등을 감싸 쥐고 펄쩍펄쩍 뛰었습니다. 무릎을 쪼그렸다 폈다 하며 우스꽝스럽게 몸을 비틀어댔습니다. 급한 마음에 렌치 손잡이에 몸을 싣고 반동을 이용하여 내리누르다가, 렌치가 빠지면서 나사 모서리에 공연히 손만 짓찧었던 것입니다. 얼마간 몸부림치던 운전사는 두 손을 가랑이 사이에 끼우고 가쁘게 숨만 몰아쉬었습니다. 무릎에 닿을 듯한 이마에는 진땀이 맺혔습니다.

「제기랄!」

운전사는 한참을 구시렁거리다 감았던 눈을 떴습니다. 그러자 시멘트 바닥 시야의 끝에 군화가 들어왔습니다. 그는 흠칫하며 더듬듯 고개를 들었습니다.

「어이쿠!」

운전사는 소스라치며 한 걸음 뒤로 물렀습니다. 시커먼 총구가 바로 눈 앞에서 자신을 향하고 있었던 것입니다. 고개를 한 번 더 들고나서야 총을 겨누고 있는 군인과 눈이 마주쳤습니다. 철모를 내리 눌러써 그림자가 드리워진 눈은 찌를 듯이 운전사를 노려보고 있었습니다. 운전사는 저승사자를 마주 대하는 심정으로 턱이 덜덜 떨렸습니다.

「여기는 차를 세울 수 없는 곳이오!」

총을 들이댄 병사 앞으로 인민군 군관이 나서더니 운전사를 쏘아보며 말했습니다. 그제야 운전사는 주위를 돌아보았습니다. 총을 겨눈 인민군들이 어느새 화물차를 에워싸고 있었습니다. 그들이 몰려들 때까지 어떤 낌새도 느끼지 못했던 것입니다.

「어이쿠! 죄송합니다. 타이어가 빵구나서요.」

「통행증을 보여 주시라요!」

군관은 여전히 냉랭한 목소리로 말했습니다. 운전사는 가슴에 있는 주머니로 손을 가져갔습니다. 손목으로 한 줄기 피가 흘러내렸습니다. 군관은 얼굴을 찌푸렸습니다. 통행증을 건네던 운전사도 자기 손목에 흐르는 피를 보고 흠칫 놀라 황급히 오른손을 감싸 쥐었습니다. 군관은 운전사가 건넨 통행증을 확인하고는 목재 서류판을 들고 있는 병사에게 통행증을 넘겼습니다.

「그 손….」

「괜찮습니다. 가볍게 찍힌 것 같은데….」

「위생병!」

붉은 십자가 완장을 차고 있는 위생병이 군관의 부름에 황급히 달려왔습니다.

「보라우! 저 손.」

군관은 위생병에게 지시했습니다.

「괜찮은데….」

운전사는 겸연쩍어하며 위생병에게 손을 내밀었습니다.

「많이 찢어졌습네다. 빨리 피를 멎게 하지 않으면 상처가 덧난다 말입네다.」

위생병의 말에 군관이 혀를 찼습니다. 운전사는 위생병에게 손을 맡기면서도 여전히 어색해서 어쩔 줄 몰랐습니다. 위생병은 붉은 십자가가 붙어 있는 구급낭에서 지혈제를 꺼내 운전사의 손에 뿌리고 익숙한 솜씨로 붕대를 감았습니다.

「경위서 한 장 쓰시라요.」

치료를 마치자 통행증을 보며 한참 무전으로 인적 사항을 알리던 병사가 다가와서 집게 서류철을 내밀었습니다.

「아! 예.」

운전사는 붕대를 감은 손으로 엉성하게 볼펜을 잡고 경위서를 적어 내려갔습니다.

「다이야가 터졌단 말입네까?」

한참 경위서를 쓰고 있는 운전사의 모습을 물끄러미 바라보던 군관이 물었습니다.

「네! 그렇습니다. 빨리 갈아 끼우고 출발하겠습니다.」

군관은 앞바퀴 쪽을 힐끔 보고 나서는 쪼그리고 앉아서 예비 타이어가 있는 적재함 밑바닥을 살펴보았습니다.

「혼자서 이걸 갈아 끼우려면 해가 진단 말입네다. 더구나 그 손으로 어디 일을 하겠습네까?」

군관은 설레설레 고개를 젓더니 손짓으로 병사들을 끌어모았습니다.

「도와 주라우!」

병사들은 많이 해본 솜씨로 날래게 움직였습니다. 예비 타이어를 떼어 앞바퀴와 바꾸는 데 마치 정비공처럼 능숙했습니다. 앞바퀴에서 빼놓은 나사 하나하나도 차 문의 발판 위에 가지런히 모아놓고 다시 가져다 결합했습니다. 서로 말 한마디 주고받지 않아도 불과 십여 분 만에 타이어를 갈아 끼웠습니다.

「어차피 개지고 가서 땜질을 해야 한다 말입네다.」

구멍난 타이어를 적재함에 실어 놓던 병사가 말했습니다.

「예예! 그래야지요. 이거 고마워서 어떡한대….」

붕대를 감은 손을 감싸 쥔 채 운전사는 굽신굽신 대답했습니다.

「북과 남이 하나로 사업을 하는데 도울 건 도와야지요. 그럼 서둘러 가시라요.」

운전사에게 경례를 하고 나서 군관은 병사들을 이끌고 철망 사이에 난 문을 통해서 숲속으로 총총히 사라져갔습니다.

도착

   강을 따라 뻗은 도로를 반 시간 넘게 달리자 강과 도로는 멀어져 갔습니다. 강은 바다를 향해서 만곡하게 흘렀고, 도로는 내륙을 향해 깊숙하게 휘어들었습니다. 멀찍이 보였던 산들은 바특하게 다가왔습니다. 쫙 뻗은 도로에서 벗어나 구불구불한 도로로 접어들자 미루나무가 이어진 도로 양편으로 군부대가 눈에 띄게 늘었습니다.

'북 괴 군 의 가 슴 팍 에 총 칼 을 박 자'

군데군데 총안이 뚫려 있는 군부대의 담벼락에는 붉은색 구호가 커다랗게 적혀있었습니다. 담 너머 포 진지에는 위장 그물 사이로 포신이 비쭉 나와 있었고 여러 개의 포신은 모두 북쪽을 향해 있었습니다. 넓디 넓었던 도로에서는 볼 수 없었던 낯선 광경이었습니다. 군부대 사잇길을 지나 가파른 길을 굽이굽이 내려서자 협곡이 나타났습니다. 협곡을 흐르는 강물은 바위에 부딪혀 하얀 거품을 일으키며 세차게 흘러가고 있었습니다. 협곡을 가로지르는 아치교 입구에는 군 검문소가 있었습니다. 검문을 마치고 나서야 트럭은 차 한 대가 간신히 지나갈 수 있는 다리에 들어설 수 있었습니다. 트럭 위에서 내려다본 강물은 더욱 가마득했습니다. 읍달무는 슬그머니 나무 상자를 잡았습니다. 강을 건너면서부터는 비포장도로가 시작되었습니다. 트럭이 덜컹거릴 때마다 몸도 따라서 흔들렸습니다. 이제 민가는 아예 보이지 않았습니다.

"도대체 어디로 가는 거야? 이런 곳에 우리가 있을 만한 곳이 어디 있다는 거지?"

추엉립은 고개를 돌려가며 주변을 살폈습니다.

"이런 곳은 관광객이 올 수조차 없는 곳이잖아? 눈 씻고 찾아봐도 사람의 그림자도 안 보여!"

추엉립은 안절부절못하였습니다. 마치 좁은 우리를 끊임없이 왔다 갔다 하는 짐승 같았습니다.

"그래도 영오가 바라던 대로 어디를 가든지 셋이 함께 가게 되었잖아? 난 그게 다행이야. 그렇지?"

읍달무가 구영오의 눈치를 살피며 말했습니다. 말은 그렇게 했지만 읍달무도 불안한 기색이 역력했습니다. 하지만 구영오는 입을 굳게 다문 채 묵묵히 풍경만 바라볼 뿐이었습니다.

협곡으로 난 길을 따라 한식경쯤 달리자 길과 나란하던 협곡의 강물이 오른쪽으로 급하게 휘어서 멀어져 갔습니다. 트럭은 이제 지류를 따라 더 좁은 산골짜기로 접어들었습니다. 같은 길이 반복되는 것처럼 착각할 정도로 산굽이가 계속 이어졌습니다. 흙먼지를 일으키며 달리던 트럭이 비슷비슷한 산굽이를 아홉번째 돌고 나서야 비로소 산이 멀어지고 분지가 나타났습니다. 그곳에는 군부대가 산을 등지고 자리하고 있었습니다. '무 적 선 봉 북 진 통 일'이라고 한 글자씩 쓰여진 아치형 간판이 먼발치에 보였습니다. 길은 갈림길 없이 곧장 아치형 간판 아래 부대 정문으로 이어졌습니다. 트럭은 천천히 부대로 향했습니다. 정문 앞까지는 방호물이 겹겹이 가로막고 있었습니다. 방호물은 위장그물로 덮혀 있었고 철심이 촘촘히 박혀 있었습니다. 트럭은 서로 어긋나게 가로막고 있는 그 사이 사이를 지그재그로 갔습니다. 구영오 일행도 나무상자 안에서 이리 쏠리고 저리 쏠렸습니다. 정문 옆에는 차량 수하등이 우뚝 버티고 서 있었습니다. 대낮이라 등은 꺼져 있었지만 붉은색 노란색과 두 개의 녹색등의 표면에는 각각 정지, 라이트 꺼, 시동 꺼, 운전자 하차라는 문구가 또렷하게 보였습니다. 트럭이 신호등 근처에 천천히 다다르자 차양 아래 있던 초병이 길 가운데로 나왔습니다. 소총으로 무장한 초병은 손을 위아래로 흔들며 차를 멈춰 세웠습니다. 한 계단 높은 위치에 있는 위병소에서 위병장교가 창문을 열고 빤히 내려다보고 있었습니다.

「마네킹 사에서 왔습니다!」

기사가 창밖으로 목을 길게 내밀며 장교를 향해 큰 소리로 외쳤습니다. 그 말을 듣자 기다렸다는 듯 초병이 날래게 적재함에 올랐습니다. 나무 상자를 묶은 줄을 잡고 적재함 난간을 디디고 다니며 초병은 구영오 일행을 일일이 확인해 보았습니다. 또 다른 초병은 차량 하부 검색 거울을 들이밀며 트럭의 밑을 샅샅이 살폈습니다.

「이상 없습니다!」

「하부 이상 없습니다!」

초병이 잇따라 위병소를 향해 소리치자 장교는 엄지 손가락을 치켜든 손을 두 번 흔들며 들여보내라는 신호를 보냈습니다.

「끝까지 올라가서 우회전한 후 끝까지 가십시오!」

초병은 운전사에게 목적지를 지시하고 나서 차단기를 열었습니다.

정문을 통과한 트럭은 연병장 옆으로 난 오르막길을 아주 천천히 올랐습니다. 길 옆에는 '부대내 서행 20Km' 라는 팻말이 군데군데 세워져 있었습니다. 널따란 연병장에는 정적만 감돌았습니다. 연병장 건너편에는 전차가 늘어서 있었습니다. 전차는 포신까지 지붕 아래 숨기고 금세라도 튀어나올 맹수처럼 잔뜩 웅크리고 있었습니다. 언덕길을 다 올라선 트럭은 연병장을 내려다보고 있는 건물을 끼고 돌았습니다. 건물 뒤편으로 접어 들자 창고가 여럿 나타났습니다. 문은 모두 활짝 열려있었고 창고 앞에는 시커먼 박격포와 기관총이 줄지어 놓여 있었습니다. 길의 끝에 있는 창고는 도로와 마주하고 있었습니다. 트럭은 총포가 난간처럼 펼쳐진 사이를 겁먹은 개처럼 꾸물꾸물 지났습니다. 마지막 창고 앞에는 지게차가 대기하고 있었습니다. 다가오는 트럭을 지켜보고 있던 지게차 운전병이 손을 위로 들어 차를 돌려세우라는 신호를 보냈습니다. 트럭은 방향을 틀어 지게차에 옆구리를 보이고 멈춰 섰습니다. 구영오 일행은 푸른색의 지게차에 실려 창고 안으로 옮겨졌습니다.

창고 안에는 시너 냄새가 코를 찔렀습니다. 국방색 앞치마를 두른 병사들이 마치 수술을 준비하는 의사처럼 이것저것 준비를 하고 있었습니다. 두 줄로 된 가로대에는 페인트 붓과 긁게 따위가 크기대로 걸려 있었습니다.

읍달무가 제일 먼저 가로대 앞으로 옮겨졌습니다. 바로 옆 널따란 작업대에서는 병사가 그림을 그리고 있었고 작업대 벽면에는 이미 완성된 그림이 세워져 있었습니다. 지뢰지대의 철조망을 젖히고 들어간 그림 속의 어린이는 지뢰를 밟아 팔과 발이 떨어져 나갔습니다. 눈은 찡그리고 있었고, 하늘을 향해 쩍 벌리고 있는 입에서는 우스꽝스럽게 나온 혀가 옆으로 늘어져 있었습니다. 그 옆에 있는 그림은 지뢰밭에서 나물을 캐던 아낙네였는데 역시 옆의 어린이와 매한가지였습니다. 사방으로 피가 튀고 발목은 잘려 나갔으며 광주리는 허공에서 둘로 쪼개져 버렸습니다. 그림은 만화처럼 단순하게 그렸지만 섬뜩한 익살스러움이 오히려 머릿속에 아로새겨질 만큼 강렬했습니다. 읍달무는 시선을 위로 올려 선반 위에 켜켜이 세워놓은 경고문을 보았습니다.

'들어가면 죽는다'

그림은 들어가면 죽는 곳을 그려낸 것이었습니다. 페인트에 시너를 붓고 뒤섞던 병사가 읍달무를 흘깃 돌아다보았습니다. 읍달무는 가슴이 철렁했습니다. 병사는 가로대에서 붓을 빼내 붉은 페인트를 묻혔습니다. 그러고는 페인트가 흘러내리지 않도록 붓을 가지런히 다듬고 나서 읍달무에게 다가갔습니다.

적

"도대체 내 몸에 무슨 짓을 한 거야!"

추엉립은 코를 킁킁거리며 몸 이곳저곳 냄새를 맡아 보았습니다. 짙은 페인트 냄새가 코를 찔렀습니다. 그림 작업병은 추엉립을 인민군으로 만들어 놓았습니다. 몸에다 직접 그렸지만 워낙 정교하게 그려놓아 자세히 보지 않으면 흡사 그대로의 복장을 착용하고 있는 것 같았습니다. 머리에는 붉은 별이 그려진 철모를 씌워 놓았습니다. 허리에는 탄띠도 채워 놓았습니다. 구영오도 마찬가지였습니다. 다만 계급장을 보면 추엉립이 제일 아래 계급인 '하전사'인데 비해 구영오는 군관인 '소좌'였습니다. 하지만 읍달무는 달랐습니다. 구영오와 추엉립이 군인 복장인 것에 비해 읍달무는 감색 인민복을 입은 모습이었습니다. 또 읍달무만 붉은 글씨로 가슴부터 배까지 몸을 감듯이 '적'이라고 굵게 써놓았습니다. 그런데 더욱 끔찍스러운 것은 읍달무의 눈이었습니다.

"세상이 온통 빨갛게만 보여!"

읍달무는 연신 눈을 깜박거리며 머리를 세차게 털어댔습니다. 하지만 달리 보일 리 없었습니다. 눈자위를 온통 새빨갛게 칠해버렸기 때문입니다. 읍달무의 눈은 뭐라도 잡아먹을 것 같이 변했습니다. 악마가 있다면 저런 모습일 거라는 생각이 들 정도로 섬뜩했습니다.

"추악한 놈들!"

어디선가 낯선 목소리가 들렸습니다. 문틈을 파고드는 바람같은 소리였습니다. 그 소리는 어둑하고 눅진한 창고 안을 둘로 가르 듯 울려 퍼졌습니다. 당연히 자신의 일행밖에는 없을거라 여긴 읍달무는 소리가 났던 곳을 흠칫 돌아보았습니다. 하지만 나무 칸막이로 가려져 있어서 그 너머가 어떤지 알 수는 없었습니다. 다만, 칸막이 아래로 군화를 신은 누군가가 걸어 나오고 있는 것이 보였습니다. 그가 칸막이를 돌아 밖으로 나오자 비로소 국군 마네킹이라는 것을 알 수 있었습니다. 그는 말없이 읍달무를 노려보면서 마치 보여줄 것이 있는 것처럼 칸막이를 천천히 접어나갔습니다. 그곳에는 국군 마네킹이 줄지어 서 있었습니다. 밖으로 나온 이 말고도 국군 마네킹은 족히 열 명쯤은 되었습니다. 일제히 이곳을 노려보고 있는 그들의 눈초리는 마치 온몸을 휘감아 대는 것 같았습니다. 읍달무는 슬그머니 고개를 돌리고 곁눈질로 쳐다보았습니다. 칸막이가 다 젖혀지지 않았기 때문에 그곳에 몇 이 더 있는

지조차 알 수 없었습니다

"네 놈들 때문에 우리가 여기 끌려와서 개고생이지."

칸막이를 젖힌 이가 말했습니다. 철모를 깊게 눌러 써 눈은 보이지 않았고 한쪽 입꼬리는 말려 올라갔습니다.

이일구.

왼쪽 가슴에 있는 명찰에 그의 이름이 보였습니다. 한 손은 주머니에 찔러 넣은 채로 다른 손에는 소총을 들고 있었습니다. 허리를 두르고 있는 탄띠에는 대검이 걸려 있었는데, 다른 이들도 하나 같이 소총과 대검을 갖추고 있었습니다.

"쟤들은 뭐야? 결국 쟤들과 전쟁기념관 같은 데로 가게 되는 거야?"

그들을 의아하게 쳐다보던 읍달무가 말했습니다.

"그, 그게…. 아닌 것 같아…."

추엉립이 두려운 눈빛으로 말을 더듬었습니다.

"왜 너희가 우리 때문에 고생한다는 거지?"

구영오가 한 발짝 나서면서 이일구에게 물었습니다.

"왜냐고? 내 꿈은 쇼윈도에서 한껏 맵시를 자랑하는 거였지. 그 꿈이 어떻게 이루어졌는지 알아? 철망을 따라서 세워진 초소. 그저 가끔 철망 앞을 지나다니는 고라니 한 번 눈길을 주는 쇼윈도. 아! 멧돼지도 있지."

국군 마네킹들이 와하하하고 웃음을 터뜨렸습니다. 하지만, 이일구는 웃지 않았습니다.

"먼발치에서 이쪽을 노리는 자들을 속이는 바보 마네킹. 그게 내가 여기 끌려와서 하는 일이라고. 예전의 반짝였던 내 얼굴은 초소의 뚫린 창문으로 사시장철 들이치는 바람 때문에 피부가 다 트고 갈라져 버렸어. 이 몰골로 이제는 사회로 돌아가도 아무 데도 받아주지 않지. 돌아갈 수도 없고, 푸른 제복에 죽을 때까지 우리는 여기에서 말뚝이야! 그러다가 더 이상 초소를 지킬 수 없게 되면 어떻게 되는 줄 알아?"

그는 총을 든 손을 서서히 움직여 한 곳을 가리켰습니다. 구영오 일행의 시선은 총 끝을 따라갔습니다.

"저어기. 저쪽으로 가는 거야."

총구가 멈춘 곳은 창고의 가장 구석진 곳이었습니다. 허리 높이의 블록담으로 구분된 담벼락에는 '파기'라고 적혀있는 하얀 팻말이 붙어 있었습니다. 그곳을 바라본 읍달무는 소스라치게 놀랐습니다. 한 무더기의 마네킹이 등을 보이고 차곡차곡 엎어져 있었습입니다. 마네킹의 옷은 모두 벗겨져 있었고 피부는 터지고 갈라졌으며 엉덩이며 허벅지며 군데군데 부스러지기까지 했습니다. 그 옆으로는 구멍이 숭숭 뚫려 있는 상반신 크기의 진초록의 표적이 쌓여 있었는데, 특히 가슴 부분에는 벌집처럼 다닥다닥 총알구멍이 뚫려 있었습니다.

"어허! 위원장 동무. 이거 2천만을 호령하는 분답지 않게 약한 모습을 보이고 이러시나?"

이일구가 뒤에 있는 동료에게 총을 건네주고 읍달무 앞으로 다가갔습니다.

"누가, 누 누구를 호령한다고 그래?"

읍달무는 공포에 질린 목소리로 떠듬떠듬 외쳤습니다.

"호령이라는 말이 거슬린다는 건가? 그럼 정정해드리지. 2천만 인민을 위해 존재하시며, 5천만 국민을 공포에 몰아넣으시는 분."

"누가 너희를 공포에 몰아넣는다고?"

추엉립이 물었습니다.

"존재 자체가 위협인 너희들…."

이일구는 손으로 구영오, 추엉립, 읍달무를 일일이 가리켰습니다.

"바로 우리의 적. 빨갱이들…."

"이봐! 우리는 너희한테 감정 없다. 이건 우리 뜻이 아니잖아!"

구영오가 말했습니다.

"뜻이라고? 그게 군인의 입으로 할 소린가? 너희나 우리나 옷이 입혀지는 순간 운명이 정해진다는 것을 모르나? 너희는 빨갱이의 운명. 우리는 빨갱이를 때려잡아야 하는 운명."

"옷은 우리가 선택해서 입은 게 아니야! 입혀주었으니까 입은 거지. 우리는 평화를 원해!"

구영오가 되받았습니다.

"평화를 원한다고? 얘들아! 평화란다!"

눈을 동그랗게 뜨고 과장된 표정을 지으며 이일구가 뒤를 돌아보았습니다.

"하핫! 빨갱이에게 평화가 있던가?"

누군가가 이일구에게 장단을 맞추었습니다.

"너희가 바라는 평화가 뭔 데? 우리를 몽땅 없애고 너희 세상을 만드는 평화? 빨갱이 천국? 그건 지옥이지. 다른 것은 인정하지 않는 오로지 빨갱이만 득시글거리는 생지옥. 어떡하나? 우리는 그 지옥에서 함께 살기 싫은 빨갱이의 적인데…."

이일구가 다시 비아냥거리며 말했습니다.

"적. 적. 하지 마라! 우리는 너희의 평화를 깰 생각이 없다!"

구영오가 힘을 주어 말했습니다.

"아니? 너희는 우리와 달라. 너희들 생각은 늘 위험하지."

이일구가 정색하며 말했습니다.

"생각이 달라도 평화를 향한 마음이 같잖아. 그럼 되는 거다. 평화에 대한 의지는 각자의 몫이야. 하나하나가 원하고 노력하면 평화는 오게 되어 있어."

"그래서 노력하는 중이지. 빨갱이를 없애고 평화를 지키려고…."

"힘에 의한 평화는 좀 고단하지 않던가? 지난 일에 집착하면 평화는 오지 않는다. 과거를 털고 서로 믿는 게 평화로운 미래로 가는 길이 아닐까?"

구영오가 말했습니다.

"그으래? 역시 군관 동무라 똑똑하군. 논리가 정연해. 그런데 어떡하지? 믿을 수 있는 걸 믿지. 빨갱이를 믿느니 팥으로 메주를 쑨다는 말을 믿지."

트집을 잡겠다는 심산이었습니다. 더 이상 말이 통할 리 없었습니다.

"그건 우리도 마찬가지야! 너희의 존재가 우리의 평화를 깨뜨렸다구."

읍달무가 끼어들었습니다.

"닥쳐! 이 빨갱이 새끼! 그 터진 주둥이를 못 놀리게 해주마."

이일구가 번개 같은 동작으로 읍달무의 등 뒤로 돌아 낚아채듯 목을 조였습니다. 허리춤에 있는 대검을 뽑아서 읍달무의 목에 들이댄 것도 거의 한 동작으로 이루어졌습니다. 워낙 순식간에 일어난 일이라서 읍달무는 속수무책으로 당할 수밖에 없었습니다. 추엉립이 나서려고 하자 구영오가 팔을 잡아챘습니다.

"다 튀어나올 거야."

국군 마네킹 쪽을 쳐다보며 구영오가 고개를 가로저었습니다.

"이일구 병장! 어차피 여기 오래 있을 것 같지도 않은데 우리는 너희를 방해하지 않고 그냥 조용히 있겠다! 그러니 그 친구를 놓아줘라!"

구영오가 한발 다가서며 이일구를 설득했습니다.

"저기 켜켜이 포개져 있는 시체가 보이지? 빨갱이들로부터 평화를 지키려다 용도 폐기된 쟤들…. 다들 내 선배이자 전우였어. 이제 곧 화장장으로 갈 거야. 내 운명도 화려한 꼴 한번 못 보고 이 골짜기에서 썩다가 저 꼬락서니가 될 거야. 그런데 네놈들 탓이 아니라고?"

이일구의 말투로 보아 곧 무슨 일을 저지를 기세였습니다. 그때 국군 마네킹들이 일제히 소리를 질렀습니다.

"죽여! 죽여!"

국군 마네킹들은 마치 제물 앞에서 의식을 치르듯 외쳐댔습니다.

"안돼!"

읍달무가 버둥거리며 외쳤습니다.

"가만있는 게 좋아. 위원장 동무."

이일구가 대검으로 읍달무의 목젖을 지그시 누르며 말했습니다. 읍달무의 얼굴은 극도의 두려움으로 하얗게 질렸습니다. 숨이 넘어갈 듯 가쁘게 호흡을 하며 사지를 떨어댔습니다.

"이거 이러지 말자! 원치 않은 곳에 똑같이 끌려온 마당에."

읍달무의 발작 증세를 보면서 추영립은 두 주먹을 불끈 쥐고 씩씩거렸습니다. 바로 그때 추영립의 목에 밧줄이 드리워졌습니다.

이게 뭐지?

추엉립이 밧줄에 손을 가져가며 위를 올려다보려는 순간 밧줄이 획 당겨졌습니다. 추엉립은 영문도 모른 채 순식간에 공중으로 달려 올라갔습니다. 그 광경에 구영오는 몹시 놀라며 허둥지둥 위를 살펴보았습니다. 창고를 가로지르는 대들보는 몸을 충분히 숨길 만큼 넓었습니다. 대들보 위에 숨어 있던 누군가가 밧줄을 드리워 추엉립의 목을 걸었던 것입니다. 처음부터 계획적으로 일을 벌인 것입니다. 밧줄은 두 개의 대들보를 걸쳐 칸막이 쪽으로 연결되어 있었고, 무리 가운데 있는 국군 마네킹 셋이 줄을 잡아당기고 있었습니다. 추엉립은 꼼짝없이 교수형을 당하는 꼴이었습니다.

켁켁.

추엉립이 두 손으로 밧줄을 쥐고 발버둥을 쳤습니다. 얼굴은 고구마 색으로 달아올랐습니다. 국군 마네킹들의 고함에 정신이 팔린 것이 화근이었습니다.

"평화의 이름으로 너희를 처단한다!"

갑자기 이일구가 큰 소리로 외치더니 대검을 높이 쳐들었습니다. 국군 마네킹들의 함성은 더욱 커졌습니다. 이일구는 한 치의 망설임도 없이 대검으로 읍달무의 가슴을 내리쳤습니다. 칼은 읍달무의 가슴으로 한 뼘이나 들어갔습니다. 읍달무는 가슴에 꽂혀 있는 대검과 구영오의 얼굴을 번갈아 쳐다보았습니다. 입을 벌린 읍달무의 붉은 눈이 거의 튀어나올 듯했습니다. 이일구가 읍달무의 가슴에 박혔던 대검을 뽑아 들어 올리자, 읍달무는 왼쪽 가슴을 감싸 쥐고 힘없이 무릎을 꿇었습니다.

"군관 동무! 오라우!"

이일구는 이제 구영오를 목표로 삼았습니다. 대검으로 구영오의 목을 겨누고 사냥감을 노리는 사자처럼 한 걸음 한 걸음 천천히 구영오를 향해 다가갔습니다. 그의 걸음에는 언제 용수철 같이 튀어 오를지 모를 팽팽한 긴장이 도사리고 있었습니다. 하지만 치켜뜬 두 눈은 거의 흰자위만 보였고 미치광이처럼 이를 드러내 보이며 킬킬거렸습니다. 구영오는 어깨를 움크리고 주춤주춤 뒷걸음질을 쳤습니다.

획!

칼이 허공을 가르는 소리가 들렸습니다. 구영오가 공격 범위에 들어오자 이일구는 망설임없이 대검을 휘둘렀습니다. 구영오는 머리를 젖히며 칼을 피했습니다. 이일구는 다시 구영오의 목을 겨누어 힘껏 내찔렀습니다. 그러나 구영오가 한발 빨랐습니다. 대검을 잡은 이일구의 손목을 낚아채는가 싶더니 팔을 비틀어 돌렸습니다. 이일구의 외마디 비명이 들렸습니다. 어느새 구영오가 이일구의 목을 뒤에서 조르고 있었습니다. 대검은 이미 구영오의 손에 쥐어져 있었습니다. 읍달무에게 했던 것처럼 이일구는 꼼짝없이 구영오에게 사로잡혔습니다. 구영오는 이일구의 목젖에 대검을 갖다 대었습니다. 조금만 움직여도 칼날이 목젖을 그을 기세였습니다.

"빨리 내려놔! 빨리!"

추엉립을 힐끔힐끔 올려다보며 구영오는 몸이 달아 외쳤습니다. 구영오의 얼굴은 절망과 분노에 뒤섞여 처절하게 일그러져 있었습니다. 졸지에 구영오에게 인질이 되어 버린 이일구의 표정도 처량하기는 마찬가지였습니다. 밧줄을 쥐고 있는 국군 마네킹들이 이러지도 저러지도 못하고 뒤를 돌아다볼 뿐이었습니다. 그들이 쳐다본 것은 무리의 뒤쪽 구석에 앉아있던 자였습니다. 그는 서서히 몸을 일으켜 여유 있는 걸음걸이로 무리 사이를 걸어 나왔습니다. 그는 다른 이들과 다르게 헌병 헬멧을 쓰고 있었습니다. 양어깨에는 지휘자를 상징하는 녹색 견장이 달려 있었고 팔뚝에는 헌병 완장을 차고 있었습니다. 그는 무리의 맨 앞까지 나와서 걸음을 멈추었습니다. 그리고 서서히 고개를 들어 줄에 매달려 버둥거리고 있는 추엉립을 올려다 보았습니다. 잠시 추엉립을 바라보던 그가 오른 손을 들어올렸습니다. 그러자 밧줄을 당기던 국군 마네킹들이 일제히 손을 놓았습니다.

쿵!

밧줄이 풀리면서 추엉립은 바닥에 나둥그러졌습니다. 추엉립은 바닥에 모로 누워 목을 감싸 쥐고 켁켁거렸습니다. 눈에서는 눈물이 쏟아져 나왔고 몸은 노여움에 부르르 떨렸습니다. 추엉립은 신경질적으로 목에 감긴 밧줄을 풀어 바닥에 힘껏 내다 꽂았습니다. 그리고는 몸을 날려 구영오에게 잡혀 꼼짝 못하고 있던 이일구의 옆구리를 걷어찼습니다.

컥!

이일구가 외마디 비명을 지르며 무릎을 꿇고 털썩 주저앉았습니다. 추엉립은 분이 풀리지 않은 목소리로 무리를 향해 외쳤습니다.

"찍소리도 못 내고 이대로 죽을 줄 알았지? 그래! 한 판 붙어 보자고. 우리도 늬덜 눈깔 하나쯤 빼낼 힘은 있다 말이지. 자! 다 덤벼!"

추엉립이 이일구의 옆구리를 다시 걷어찼습니다. 이일구의 얼굴이 참혹하게 일그러졌습니다. 무릎을 꿇고 헉헉거리던 이일구는 추엉립의 계속된 발길질에 옆구리를 감싸 쥐고 아예 바닥으로 고꾸라졌습니다. 이일구는 숨이 넘어 갈 것처럼 가쁜 숨을 몰아쉬며 몸을 배배 꼬았습니다.

철컥!

어디선가 총에 대검을 꽂는 소리가 들렸습니다. 이러지도 저러지도 못하고

있던 국군 마네킹들이 그 소리를 신호로 모두 허리춤에서 대검을 뽑기 시작했습니다.

철컥! 철컥!

한꺼번에 대검을 꽂는 소리가 창고 안에 울려 퍼졌습니다. 그들은 금세라도 착검한 총을 앞세워 구영오 일행에게 돌진할 기세였습니다.

"오호라! 떼거리로 달려들어 난도질하겠다? 우리도 그냥은 못 죽지."

추엉립은 헤실헤실 웃어대기까지 했습니다. 하지만 눈에는 살기가 가득 서려 있었습니다. 그야말로 물불 가리지 않을 태세였습니다. 이일구가 읍달무를 찌를 때처럼 추엉립도 제정신이 아니었습니다.

"그만둬!"

그때 헌병이 뒤를 돌아다보며 분기탱천한 무리를 제지했습니다.

"오하사! 우리의 수가 많아. 밀어붙이자고!"

그중에 한 명이 나서서 헌병에게 낮은 목소리로 주장했습니다.

"일구는? 저대로 내버려 두자는 거야?"

헌병이 그를 쏘아보며 말했습니다.

"일시에 달려들면 우리에게 신경 쓰느라 일구에게 해코지하지 못할걸?"

그의 말에 헌병은 길게 한숨을 쉬었습니다.

"너를 믿고 나선 일구가 불쌍하다."

그는 어이없다는 듯 눈을 부라렸지만, 헌병은 그의 눈총 따위는 아랑곳하지 않고 추엉립에게 외쳤습니다.

"돌려보내라!"

"포로를 보내라고?"

추엉립이 기가 막힌다는 듯 외쳤습니다.

"보내라!"

헌병이 힘주어 말했습니다.

"우리를 못 믿는 너희를 믿으라고? 뭘로 보장할 건데?"

"믿어라!"

"우리를 바지저고리로 아는군. 얘는 볼모야. 우리의 안전과 평화를 위한…. 너희도 그렇게 원해 마지않는 그 평화를 위한 인질이라구. 이 자식이!"

추엉립이 또 한 번 옆구리를 걷어찼습니다. 간신히 무릎을 꿇고 일어서려다 거듭 옆구리를 걷어 체인 이일구가 다시 고꾸라졌습니다. 헌병은 차마 볼 수 없다는 듯이 눈을 질끈 감으며 고개를 돌렸습니다.

"그래! 평화롭던가? 이게 너희가 바라던 평화라 이거지?"

추엉립이 발악하듯 외쳤습니다.

"내무반장! 다 달려들어 저놈들을 작살 내자고."

국군 마네킹들이 술렁거렸습니다.

"인질이 너희의 안전과 평화를 보장하지 못한다. 믿어라! 우리는 거짓말을 하지 않는다."

추엉립은 헌병의 눈을 똑바로 쏘아 보았습니다. 헌병이 다시 말을 이었습니다.

"그렇게 못하겠다면 우리가 취할 행동도 선택의 여지가 없다. 저 친구들을 더 이상 말릴 수도 없다. 어차피 마찬가지 아닌가? 그냥 붙든가. 속고서 붙든가. 하지만 믿어라! 내가 보장해 줄 것은 이 말밖에 없다."

추엉립은 구영오를 돌아보았습니다. 하지만 구영오는 아무 말도 하지 않았습니다. 추엉립이 헌병을 보고 말했습니다.

"사과하라!"

헌병은 입을 굳게 다물고 추엉립을 쏘아 보았습니다. 추엉립은 그것 보라는 듯이 불신의 미소를 흘렸습니다.

잠시 침묵이 흘렀습니다.

헌병은 숨을 한 번 크게 내쉬더니 구영오와 추엉립을 향하여 천천히 걸어갔습니다. 추엉립은 헌병이 다가오자 구영오의 손에 쥐어 있던 칼을 낚아채서 헌병을 겨누었습니다. 헌병은 아랑곳하지 않고 이일구가 엎어져 있는 곳까지 다가갔습니다. 이일구는 옆구리를 감싸 쥐고 모로 누워 있었습니다. 무릎도 펴지 못하고 얼굴은 여전히 고통에 일그러져 있었습니다. 이일구를 살펴본 헌병은 읍달무를 돌아보았습니다. 두 다리를 죽 늘어뜨린 읍달무는 구영오의 정강이에 기대어 숨을 몰아쉬고 있었습니다. 그 모습을 내려다보던 헌병은 잠시 눈을 감는가 싶더니 이내 무릎을 꿇었습니다. 갑작스러운 행동에 모두가 깜짝 놀랐습니다. 헌병이 추엉립을 바라보며 말했습니다.

"사과한다."

표적

　골짜기로 살펴 들어온 햇볕이 읍달무에 다다랐습니다. 왼편에 있는 구영오는 아직 산 그림자 아래 있었습니다. 참호의 테두리에는 할미꽃 한 송이가 피어 있었습니다. 호호백발 할미꽃의 얼굴이 발갛게 달아올랐습니다. 읍달무는 허리를 숙여 할미꽃을 들여다보았습니다. 자주색 꽃잎 안으로는 그리움을 한가득 머금은 듯 노란 꽃술이 맺혀있습니다. 할미꽃을 바라보던 읍달무가 허리를 폈습니다. 5월의 햇볕은 따사롭기 그지없었습니다. 읍달무는 눈을 찌푸려 가맣게 해를 바라보았습니다. 하지만 표정에는 고단한 기색이 드리워져 있었습니다. 다시 허리를 구부린 읍달무는 손끝으로 오른 발목의 바깥 복숭아뼈를 눌러 비틀었습니다. 뚜껑이 딸깍 소리를 내며 열렸습니다. 안에 박혀 있는 빨간 골프공이 반쯤 드러나 보였습니다. 읍달무는 골프공을 굴려 빼냈습니다. 발목 안쪽의 복숭아뼈 뚜껑도 열었습니다. 그곳에 있는 하얀 골프공도 빼냈습니다. 읍달무는 왼발에서 나머지 골프공마저 꺼내 들었습니다. 손에 쥐고 있는 빨갛고 하얀 골프공이 아침 햇빛에 반짝거렸습니다.

"용케도 숨겨 왔어! 난 볼 때마다 저걸 어떻게 가져올 생각을 했을까 신기해."

구영오가 읍달무를 건너다보며 말했습니다.

"그러게! 창격술 동작을 하나하나 입력할 때 가슴이 조마조마했어. 행여 인장력을 초기화하려고 복숭아뼈를 열어 보는 날에는…. 병사들이 한 번에 매끈하게 입력했기에 망정이지…."

추엉립이 가슴을 쓸어내렸습니다.

"달무니까 가능했을 거야. 달무는 늘 엉뚱한 생각을 현실에서 가능하게 하니까."

구영오가 읍달무를 보며 윙크했습니다. 하지만 읍달무의 표정에는 변화가 없었습니다. 그저 한 손으로 공 두 개를 움켜쥐고 툭툭 던졌다 받았다 하며 준비 동작을 할 뿐이었습니다. 구영오와 추엉립은 더 이상 아무 말도 하지 않고 지켜보았습니다. 잠시 공을 조물락거리던 읍달무가 공을 돌리기 시작했습니다. 공은 엇 돌리기에서 한 방향 돌리기로, 다시 높이 돌리기로 눈부시게 돌아갔습니다. 빨간 공 하얀 공이 팔랑개비처럼 빙글빙글 돌았습니다.

"달밤에 돌리는 것을 보면 환상이라니까? 눈을 감고도 공을 돌릴 정도니 경지에 이른 거지."

추엉립이 말했습니다. 구영오와 추엉립의 추어올림에도 읍달무는 아무 반응없이 공만 돌렸습니다.

가슴에 칼을 맞은 이후 읍달무는 달라졌습니다. 예전에는 쉴 사이 없이 떠들고 빙글거렸지만 이제는 웃지도 거의 말하지도 않았습니다. 어린이같이 천진난만했던 표정은 간곳이 없고 마치 무엇인가에 넋을 빼앗긴 모습이었습니다. 기침은 더욱 심해져 늘 콜록거렸습니다. 그런 중에도 읍달무는 저글링에 매달렸습니다. 낮이고 밤이고 틈만 나면 공을 돌려댔습니다. 그는 마치 공을 돌리기 위해 살고 있는 것 같았습니다.

"그나마 달무 저글링 보는 낙으로 이 지옥 같은 생활을 버티지…. 에휴! 우리 신세야!"

추엉립이 한숨을 쉬었습니다. 읍달무는 무아지경에 빠진 듯 공을 돌려대고 있었습니다.

"결국 실컷 두들겨 맞고 이일구가 지껄인 대로 파기장에 처박혀 있다 재생공장으로 가는 게 우리의 마지막이겠지?"

추엉립의 눈시울이 빨개졌습니다. 구영오는 아무 말도 하지 않고 물끄러미 추엉립을 바라만 보았습니다.

"최고의 작품이라고 떠들어대더니 도대체 이 꼴이 뭐냐? 죽어야만 나가는 이 골짜기에서…."

얼굴을 일그러뜨리며 입을 비쭉 비쭉하던 추엉립이 기어이 울음을 터뜨리고야 말았습니다. 하늘이 무너져도 뚫고 나갈 것 같이 다부진 모습만 보였던 추엉립이었습니다. 그야말로 깡으로 똘똘 뭉친 추엉립이 이렇게 나약한 모습을 보이며 무너진 적이 없기에 구영오는 적잖이 당황스러웠습니다.

"그래도 힘을 내자고. 허구한 날 난리를 치르는 건 아니니…. 꿈을 갖고 버티다 보면 언제고 좋은 날이 올 거야."

"언제? 어떻게? 영오 너도 대단해! 아무리 긍정적인 성격이라지만 이 상황에서도 그런 소리가 나오냐? 이따위 죽음의 골짜기에서 무슨 희망을 가지라는 거야? 우리 꼴을 봐! 나간들 이 몰골로 무슨 일을 할 수 있겠어? 죽기 전에는 못 나간다고! 한 발자국도! 그러니 그따위 예수님 같은 소리는 이제 집어치워!"

구영오의 위로에 추엉립이 발끈했습니다. 추엉립의 넋두리에도 아랑곳하지 않고 읍달무는 여전히 공 돌리기에 몰두해 있었습니다.

"쟤 좀 보라고! 쟤는 그날 이후 완전히 맛이 갔어. 이제 공질만 하는 바보가 되어 버렸잖아! 나도 서서히 쟤처럼 미쳐가고 있는 것 같아."

추엉립은 눈물이 그렁그렁한 눈으로 읍달무를 쳐다보며 외쳤습니다.

"달무는 미치지 않았어! 그저 잊기 위해 저러는 거야!"

구영오가 말했습니다.

"미치지 않았으면 어떻게 저럴 수 있어? 그래! 이렇게 된 마당에는 차라리 달무가 부러워. 저렇게라도 잊을 수 있으니까. 우린 이렇게 서서히 끝을 향해 가고 있는 거라고. 여기를 빠져나간다는 가망이 없어. 절망이야! 절망뿐이라고!"

"왜 이래! 너마저!"

구영오가 추엉립을 향해 외쳤습니다.

"영오! 네가 늘 그랬지. 어디든 함께 갔으면 좋겠다고. 그래! 나도 그걸 바랐어. 트럭에 함께 실릴 때도 불안했지만 실낱같은 기대는 있었어. 함께 가고 있다는 사실만으로도 애써 위안으로 삼았어. 그런데 이게 뭐야? 함께 한 꼴이, 함께 골로 가는 거였어? 차라리 함께가 아니었다면 이런 곳에는 오지 않았을 거야. 다 끝났어! 다 끝났다고!"

추엉립은 고개를 숙인 채 머리를 절레절레 흔들어 댔습니다. 구영오는 더 이상 대꾸를 하지 않았습니다. 추엉립마저 저러다니. 구영오는 깊게 한숨을 내쉬며 하늘을 쳐다보았습니다. 남쪽 하늘에 검은 구름이 뭉게뭉게 몰려들고 있었습니다. 멀리서 군가 소리가 들리기 시작했습니다.

「아름다운 이 강산을 지키는 우리

사나이 기백으로 오늘을 산다」

"야! 야! 쟤네들 온다."
구영오가 다그치자 추엉립이 숙였던 몸을 추슬렀습니다. 그런데 읍달무는 여전히 공을 돌리고 있었습니다.
"달무야!"
구영오가 외쳤습니다. 그래도 듣지 못한 척 읍달무는 공을 돌리고 있었습니다.

「포탄의 불바다를 무릅쓰면서

고향 땅 부모 형제 평화를 위해」

군가 소리가 점점 가까워지고 있었습니다. 군인들이 잠시 후에는 이곳이 빤히 올려다보이는 산모퉁이를 돌 것입니다.

"읍달무!"

추엉립도 몸이 달았습니다. 눈을 흘기며 재촉했지만, 읍달무는 여전히 들은 둥 만 둥 하고 있었습니다.

"너로 인해 우리가 모두 영혼이 날아간 마네킹이 되게 하고 싶어? 넌 사는 게 사는 게 아니니 상관없겠지. 개똥밭에 굴러도 이승이 낫다고, 난 비록 이렇게 끈적끈적하게나마 살아남고 싶다고! 비록 지금 내 몸은 증오의 표적이지만 나는 내 영혼을 사랑한단 말이야! 너처럼 영혼을 박치고 내버리고 싶지 않아!"

추엉립이 읍달무에게 쏘아붙였습니다. 그러자 공 하나가 읍달무의 손끝에 맞고 참호 밖으로 튀어 나갔습니다. 공은 철조망 아래를 지나 굴러 내려갔습니다. 한 참을 데구르르 굴러 내려간 공은 외나무다리 밑으로 툭 떨어졌습니다.

「전우여! 내 나라는 내가 지킨다.
멸공의 횃불 아래 목숨을 건다.」

군가에 맞춰 행진하는 군인들의 선두가 산모퉁이를 돌기 직전이었습니다.
"멸공이 뭐야?"
읍달무가 산 밑을 바라보며 덤덤하게 물었습니다. 구영오와 추엉립은 놀란 표정으로 읍달무를 바라보았습니다. 읍달무는 호기심이 많아 늘 질문을 달고 살았습니다. 하지만 이곳에 온 뒤로 거의 말을 하지 않았습니다. 게다가 이전처럼 무엇을 물어본 적은 한 번도 없었습니다.
"공산주의자를 박멸하는 거야. 모조리 잡아 없애자는 거지."

구영오가 들뜬 얼굴로 대답했습니다. 읍달무는 잠시 아무 말도 하지 않다가 혼잣말로 중얼거렸습니다.

"바퀴벌레처럼…."

구영오는 아무 말도 하지 않았습니다.

"그래서 우리를 그렇게 미워하는구나. 공산주의 나라에서 공산주의 사람들이 만들어서."

읍달무의 눈꼬리가 처지면서 악마 같던 붉은 눈이 청승맞은 표정이 되었습니다. 생간을 빼어 먹은 구미호처럼 피가 묻어있는 모습으로 칠해 놓은 입꼬리도 처졌습니다. 읍달무는 키다리를 만난 후로는 광대가 되고 싶다고 했습니다. 빨간 키다리의 입술처럼 광대의 분장을 바랐던 읍달무의 꿈이 저렇게 끔찍한 모습으로 이루어지다니…. 구영오는 읍달무를 보기만 하면 가슴이 저려 왔습니다.

"구영오! 네가 그전에 했던 말 기억나? 의지만 있으면 어떤 식으로건 이루어진다고."

읍달무가 물었습니다.

"그랬지."

"지금, 이 상황에서도?"

구영오는 읍달무를 바라보았습니다. 하지만 읍달무는 산골짜기 아래로 향한 눈길을 돌리지 않았습니다.

"의지는 생명이야. 의지를 잃으면 죽은 거나 다름이 없는 거야. 우리는 반드시 여기에서 나갈 수 있어. 나는 그렇게 확신해."

구영오가 다짐을 두듯 말했습니다.

「하나! 둘! 하나! 둘!」

인솔자의 구령이 또렷하게 들려왔습니다. 군인들이 산모퉁이에 사선으로 뻗은 소나무 사이로 언뜻언뜻 보이기 시작했습니다. 하늘은 흐릿해졌고 비를 잔뜩 머금은 바람이 굴참나무 숲 꼭대기를 쏴하고 훑고 지나갔습니다.

그때였습니다. 두 개 남은 공을 조몰락거리던 읍달무가 뒤로 몸을 젖혀 냅다 공을 던지는 것이었습니다. 빨갛고 하얀 골프공이 아까시나무 꼭대기쯤 솟았다 후두두 숲속으로 떨어졌습니다. 구영오와 추엉립이 깜짝 놀라 읍달무를 바라보았습니다.

"아니 왜?"

추엉립이 목소리를 낮게 깔며 물었습니다. 읍달무는 대답을 하지 않고 앞을 보고 있을 뿐이었습니다.

산 아래 교장에는 군인들이 속속 도착해 정렬하고 있었습니다. 소대별로 정렬을 마치자 교관이 단상에 올랐습니다.

「여기는 그동안 여러분이 연병장에서 땀을 흘리며 연마한 전투기술을 실전과 같이 발휘할 수 있는 각개전투 교장이다. 저 산 중턱에 북괴군의 모습이 보이는가?」

훈련 교관이 구영오 일행을 지휘봉으로 가리켰습니다.

「넷!」

훈련병들의 우렁찬 대답 소리가 골짜기에 울려 퍼졌습니다.

「가운데에 있는 표적은 북한 괴뢰군의 수괴이고 좌우에는 그의 충성스러운 호위병들이다. 저들이 저렇게 버티고 있는 한 조국의 평화는 오지 않는다. 저곳에 도달하기는 쉽지 않다. 도달하는 과정에는 포탄이 작렬하고 총탄이 비오듯 할 것이다. 실전이라면 여러분의 전우가 바로 옆에서 죽어 나갈 수도 있는 상황이다. 하지만, 여러분들이 평소에 피땀 흘려 배운 전투기술을 마음껏 발휘한다면 실전이라도 반드시 살아서 도달할 것이다. 각종 장애물을 극복하고 최종 돌격선에서 저들과 백병전을 치른 후 고지에 도달하면 조국 통일은 여러분의 손으로 이룩하는 것이다.」

교관은 마치 영화의 한 장면을 연상시키듯 일렀습니다. 훈련병들도 사뭇 결의에 찬 눈으로 교관을 바라보았습니다.

「저 표적에 대해 간략히 설명하겠다. 저 표적은 전군에서 이 훈련장에 시범적으로 도입된 최첨단 표적이다. 그저 단순한 마네킹으로 보인다면 진가를 보여주겠다.」

교관이 신호하자 통제실에서 전기를 넣었습니다.

「와아!」

「완전히 살아서 꿈틀대는구나.」

「섬뜩하다.」

병사들의 눈이 휘둥그레졌습니다.

「저 움직이는 표적에는 북괴군의 창격술 36개 동작 중 상체만 움직이는 여섯 개의 동작을 선별하여 입력했다. 저 표적을 도입한 이유가 바로 실전과 유사한 상황을 연출하여 백병전에서 좀 더 효과적인 대응을 할 수 있도록 하기 위한 것이다. 여러분이 각종 장애물을 통과한 뒤 최후 공격선에 다다르면, 저 표적 바로 뒤에 있는 기관총은 사격을 멈출 것이다. 그때 여러분은 분대장의 명령에 따라 착검하고 '돌격 앞으로'라는 분대장의 구호에 맞춰 원기 왕성하게 함성을 지르며 돌격해야 한다. 여러분이 저 표적 근처에 이르면 적은 어떤 동작을 취할 것이다. 이곳 통제소에서 마구잡이로 버튼을 누르므로 적이 어떤 동작을 취할지는 모른다. 그 동작에 대응하여 여러분은 평소에 갈고 닦은 연무선 19개 동작을 응용하여 적을 가격하면 될 것이다. 예컨대 창격술의 찌르는 동작이라면 여러분은 '좌 제치고 베고 찔러'를, 적이 길쭉한 탄창을 이용한 탄창 공격을 한다면 '막고 차고 돌려쳐'로 방어하면 될 것이다. 여러분이 저 표적의 동작에 대응하여 적합한 동작을 취했는지는 이곳 통제소에서 확인하고 점수를 매길 것이다. 막상 일대일의 상황이 되면 저 표적의 동작은 생각보다 빠르다. 평소에 연마한 총검술 동작이 본능적으로 나오지 않고 머릿속에서 생각한다면 이미 늦은 것이다. 실전이라면 그 순간, 북괴군의 총창이 여러분의 목을 뚫을 것이다. 이를 명심하고 훈련에 최선을 다해 임할 수 있도록. 1조 앞으로!"

병사들은 저마다 역할을 부여받고 출발선에 섰습니다. 그들의 군복처럼 얼굴에는 온통 검은색과 밤색, 초록색으로 얼룩덜룩하게 위장 크림을 발랐습니다. 그렇게 분장한 얼굴은 별다른 표정을 짓지 않아도 공포감을 불러일으켰습니다. 흰자위 때문에 검정 눈동자는 더욱 또렷하게 보였고 눈을 껌벅거릴 때마다 금세라도 눈동자가 밖으로 튀어나올 듯 이글거렸습니다.

먼발치로 병사들과 마주하고 있는 추엉립은 침을 꿀꺽 삼켰습니다. 잠시 후 한바탕 치를 백병전을 생각해서 마음을 다잡았습니다. 며칠마다 한 차례씩 겪는 거지만 온몸에 힘을 주지 않으면 견디기 힘들었습니다. 그래도 처음보다는 나아졌습니다. 처음 이곳에서 하루에도 수십 차례씩 병사들에게 매를 맞을 때는 참으로 견디기가 힘들었습니다. 매를 맞는 데에도 이골이 나는 모양입니다. 그나마 다행스러운 것은 매일 겪지는 않는다는 것입니다. 일주일에 한 번꼴로 야단법석을 치르면 나머지는 한가롭게 보낼 수 있었습니다. 그때 몸을 추슬러서 다음 공격을 대비해야 합니다. 그날이 언제가 될지는 몰라도 그럭저럭 버티다 보면 좋은 날이 오겠지. 구영오의 말대로 늘 그날을 꿈꾸며 견뎌 왔습니다.

「1조 출발!」
교관이 출발을 명하자 곧바로 분대장 역을 맡은 병사가 외쳤습니다.
「분대원들은 들어라! 일제히 약진 앞으로!」
병사들은 총구를 앞으로 향하고 지그재그로 뛰어가더니 엇갈려 세워 놓은 담장에 기대어 몸을 숨겼습니다. 잠시 후 창문틀 밖으로 총을 내밀어 구영오 일행이 있는 곳을 향해서 쏘아댔습니다. 총을 쏜 병사들은 철조망 앞까지 날래게 뛰어갔습니다. 그때 산 위에 있는 기관총이 병사들을 향해서 사격을 시작했습니다.

구영오의 귓전에서 요란하게 총소리가 울렸습니다. 귀가 먹먹해졌습니다. 병사들은 철조망 아래를 등 포복으로 지나고 있었습니다. 바로 뒤에 있는 총좌에서는 병사들을 향해 기관총을 쏘고 있었습니다. 구영오의 마음은 스산했습니다. 어디든 늘 셋이 함께 갔으면 좋겠다는 바람이 추엉립의 하소연처럼 이런 모습으로 이루어질 줄은 꿈에도 생각하지 못했습니다. 추엉립은 그럭저럭 잘 견디는 편이었습니다. 비록 오늘은 가슴 아픈 소리를 퍼부어 댔지만 그것은 일시적인 투정일 것입니다. 하지만 무엇보다도 읍달무가 걱정이 되었습니다. 지난주 각개전투 때에도 몹시 힘들어했습니다. 각개전투가 끝나면 읍달무는 가슴을 움켜잡고 가쁜 숨을 몰아쉬었습니다. 아마도 칼에 찔린 자리에 후유증이 생긴 것 같았습니다. 깊이 들어가진 않아서 당시에는 별 탈이 없으리라고 생각했는데 그렇지 않은 모양입니다. 괜찮냐고 물어도 읍달무는 대답하지 않았습니다. 힘겨워하는 것은 분명한데 말을 하지 않으니 무슨 생각을 하는지 도무지 알 수가 없었습니다.

철조망 지대를 빠져나온 병사들이 산 위로 약진하고 있었습니다. 여기저기에서 폭음과 함께 검은 연기가 치솟아 올랐습니다. 병사들이 화염 사이를 뚫고 산기슭을 뛰어올랐습니다. 가파른 경사면에 이르러서는 바짝 몸을 낮추어 기어올랐습니다.

읍달무는 몇 발짝 아래에 있는 병사와 눈이 마주쳤습니다. 철모 위를 빼곡하게 채운 푸른 위장 풀이 바위 밖으로 어른거렸습니다. 이따금 그는 얼굴을 내밀어 이쪽을 노려보았습니다. 빠르게 산을 기어 올라온 탓에 밭은 숨을 몰아쉬고 있었습니다. 악물고 있는 하얀 치아가 유난히 도드라져 보였습니다. 그와 눈이 마주치자 몸이 사시나무 떨듯 떨렸습니다. 가슴을 찔린 이후로 도대체 이 증상은 어쩔 수가 없었습니다. 아무리 마음을 가다듬어도 증오에 사로잡힌 눈을 볼 때마다 숨이 가쁘고 몸은 저절로 떨려왔습니다. 생각만 해도 기가 막힌 일이었습니다. 이런 증오의 표적이 되어 허구한 날 두들겨 맞을 줄이야! 또 가슴이 쑤셔왔습니다. 아무래도 몸이 견디지 못할 것 같았습니다.

「착검!」

분대장이 외치자 돌격조 병사들이 총에다 대검을 꽂았습니다.

「전방에 보이는 적진지를 향하여, 돌격 앞으로!」

「와아!」

병사들은 함성을 지르며 각자의 엄폐물 밖으로 뛰어나왔습니다. 기관총 사격은 멎었습니다. 병사가 다가오자 추엉립은 총을 쭉 내밀었습니다. 이미 몸에 입력된 동작이었습니다. 병사는 잽싸게 추엉립의 총을 젖히더니 목을 베고 옆구리를 찔렀습니다. 비록 훈련 중이라 칼을 날카롭게 벼리지는 않아 피부가 뚫리거나 심하게 베어지지는 않았지만, 뼛속까지 전해오는 충격으로 정신이 하나도 없었습니다.

구영오는 다가온 병사의 옆구리를 향하여 개머리판을 휘둘렀습니다. 병사는 몸을 틀면서 총을 세웠습니다. 총과 총끼리 부딪치는 둔탁한 소리가 들렸습니다. 병사는 구영오의 공격을 막아내면서 배를 걷어찼습니다. 구영오의 몸이 흔들거렸습니다. 병사는 틈을 주지 않고 총을 휘둘렀습니다. 개머리판이 턱을 쳤습니다. 띵하고 머리가 울리면서 정신이 아득해졌습니다. 벌써 여러 차례 찌르고 맞아 윗몸에는 성한 데가 없었습니다. 하지만 구영오는 눈을 부릅뜨면서 마음을 가다듬었습니다.

인민복 차림의 읍달무는 총이 없었습니다. 그저 오른손으로 앞만 가리키고 있었기에 왼쪽 가슴은 그대로 열려있었습니다. 가운데로 올라오는 병사들은 예외 없이 읍달무의 가슴을 치고 갔습니다. 어떤 병사는 칼끝으로 찌르고 어떤 병사는 개머리판으로 사정없이 때렸습니다.

비가 추적추적 내리고 있었습니다. 구름 속에서는 우르릉 우르릉 천둥이 치고 있었습니다. 각개전투가 시작된 지 반나절이 지났습니다. 훈련병들은 여전히 산을 기어오르고 있었습니다. 얼굴은 빗물에 번들거리고 있었고 군화도 온통 진흙투성이였습니다.

타타타탕!

멈추었던 기관총 소리가 뒤에서 다시 들리기 시작했습니다. 총소리는 천둥소리와 섞여 흡사 전쟁터를 방불케 했습니다.

"구영오! 추엉립!"

읍달무가 경사면을 기어오르는 병사들을 내려다보며 외쳤습니다. 그때 포복으로 기어오르던 병사들이 교통호 속으로 몸을 굴러서 들어갔습니다.

"기억하지? 창고에서 병사들이 장난으로 우리 몸에 입력한 7번 동작을…."

"왜?"

추엉립이 물었습니다.

"내 말 잘 들어! 지금 번개 때문에 땅으로 전기가 흐르는 거 느껴지지?"

"그런데?"

"지금 사방에 온통 전기가 흐르고 있어. 우리 몸속 회로가 교란 상태야. 우리 의지로 동작을 바꿀 수 있다고."

추엉립은 읍달무가 무슨 말을 하는지 종잡을 수 없었습니다.

"지금 무슨 정신 나간 소리야?"

추엉립이 힘주어 낮은 목소리로 말했습니다.

"지난달 그믐밤 번개가 칠 때 내가 시도 해봤어. 되더라고. 탄성 조절기 쪽으로 기를 모아봐. 그럼 할 수 있어. 7번 동작이야! 7번! 반드시 해 낼 수 있어!"

북을 두들기는 듯한 기관총 소리가 딱 멎었습니다.

「착검!」

총소리가 멈추자 분대장이 명령하였습니다.

철커덕! 철커덕!

총에 대검을 꽂는 소리가 빗소리를 뚫고 울려 퍼졌습니다.

"달무야! 왜 그래?"

구영오도 읍달무가 무슨 일을 벌이려는지 좀처럼 감을 잡을 수 없었습니다.

"난 더 이상 견디지 못할 것 같아. 우리는 여기에 있을 이유가 없어."

"읍달무! 뭘 어쩌자는 거야?"

추엉립이 초조하게 물었습니다.

「전방에 보이는 적진지를 향하여….」

쓰러진 나무 뒤에서 총을 겨누고 있던 분대장이 구령을 시작했습니다. 빗줄기가 점점 굵어지고 있었습니다.

"지금 하지 않으면 못 나가. 이 아수라장에서…. 7번이야! 7번!"

읍달무가 숨을 몰아쉬며 온 힘을 다하여 외쳤습니다. 바위를 등지고 기대어 있던 병사가 몸을 일으키는 것이 보였습니다. 검게 칠한 얼굴이 비와 땀에 젖어 번들거렸습니다. 하얀 눈에 까만 눈동자가 흡사 먹이를 노리는 맹수의 눈과 같았습니다. 병사는 얼굴에 흘러내리고 있는 빗물을 훔쳤습니다.

「돌격 앞으로!」

분대장의 구령이 온 산골짜기에 울려 퍼졌습니다. 동시에 병사들이 용수철이 솟아오르듯 엄폐물 밖으로 튀어나왔습니다.

"구영오! 추엉립! 안녕!"

바위를 돌아 나온 병사는 맹렬한 기세로 읍달무에게 달려갔습니다. 그러고는 개머리판에 온몸을 실어 읍달무의 왼쪽 가슴을 내리쳤습니다.

쩍!

날카롭게 갈라지는 소리가 났습니다. 가슴이 쪼개지면서 읍달무의 상체가 뒤로 넘어가 버렸습니다. 읍달무를 내리치던 병사는 맥없이 나뒹그려졌습니다. 벼락이 바로 옆 능선의 굴참나무 숲으로 떨어졌습니다. 번개가 번쩍거리면서 천둥소리가 날카롭게 울려 퍼졌습니다.

구영오와 추엉립이 두 팔을 들어 올렸습니다. 뒤 따라 올라오던 병사들은 공격을 멈추었습니다. 그들은 어찌할 바를 모르고 구영오와 추엉립이 항복하는 모습을 바라보기만 할 뿐이었습니다. 또다시 요란스러운 소리를 내며 벼락이 떨어졌습니다. 빗줄기는 이제 폭우로 변했습니다.

총소리가 그쳤습니다. 병사들의 함성도 멎었습니다. 요란한 빗소리만 산골짝을 가득히 채웠습니다. 어지럽게 얽혀진 코일에 매달린 채로 읍달무의 상체는 여전히 건들거리고 있었습니다. 꺾인 상체에는 붉은색 심장이 반쯤 드러나 있었습니다. '믿음'이라고 새겨진 글자가 또렷이 보였습니다.

평화선

「손님 여러분 방금 김포공항을 이륙한 고려항공 868편은 약 20분 후 순안 공항에 가닿을 예정입니다. 우리 비행기는 평양 서울 간 정기 직항로선 개통의 력사적인 첫 비행에 여러분을 모시게 된 것을 매우 영광스럽게 생각하며 승무원 모두는 손님 여러분을 열렬히 환영합니다.」
승무원의 낭랑한 목소리로 기내 방송이 흘러나왔습니다. 기자는 창밖을 내다보았습니다. 비행기는 이륙하자마자 임진강과 한강의 합류 지점 위를 지나가고 있었습니다. 임진강은 북에서 남으로, 한강은 남에서 북으로 흐르다 이곳 조강에서 만나 서해로 흘러 들어갑니다. 햇볕이 반사되어 강물이 거울처럼 반짝였습니다.

「김포공항을 이륙한 비행기는 지금 평화선을 넘고 있습니다. 얼마 전까지는 휴전선으로 불렸던 북과 남의 국경선입니다.」

남북 출입사무소에서 개성공단으로 시원스레 뻗은 4차선 도로에는 차들이 내닫고 있었습니다. 남쪽으로 내려가는 차와 북쪽으로 올라가는 차량의 행렬이 꼬리에 꼬리를 물고 이어졌습니다. 북한 측 통행검사소에는 차들이 빽빽하게 늘어서 있는 것이 마치 명절 때 고속도로 요금소를 방불케 했습니다.

「이제 비행기는 력사적인 북남교류의 기점이 된 개성공단 위를 지나고 있습니다.」

평화선을 넘은 비행기는 이어서 개성공단 위를 지나고 있었습니다. 빨갛고 파란 지붕이 레고처럼 펼쳐져 있었습니다. 기자는 개성공단을 내려다보며 마네킹사에서 비롯된 일 년 전의 사건을 떠올렸습니다. 개성공단에서 만든 최신형 마네킹이 군 훈련장에서 표적으로 쓰인 사건은 언론에 크게 보도가 되었습니다.

'남북 합작의 산물, 북한을 상징하는 표적으로 쓰여'

'표적으로 쓰인 최첨단 마네킹의 비애'

언론은 연일 표적에 관련된 갖가지 기사들을 내보냈습니다. 화해의 상징을 증오의 대상으로 바꾼 역발상은 기삿거리로는 더없는 소재였기 때문입니다. 일부 언론은 무분별한 취재 경쟁이 오히려 북한에 빌미를 준다며 국익을 생각하지 않는 취재 경쟁에 개탄하였습니다. 하지만, 그러한 지적은 메아리 없이 허공으로 사라질 뿐이었습니다.

'남조선 역적 패당들 믿음을 뒤집다'

북한에서는 남북합작의 산물을 전투 훈련용으로 쓴 것도 모자라, 표적을 자신들의 지도자로 분장한 것에 대해서 천인공노할 만행이라며 온갖 비난을 퍼부었습니다. 그것은 정부 차원에서 한 일이 아니라는 해명도 소용없었습니다. 엎친 데 덮친 격이었습니다. 조기섬 포격 사건 이후 대결로 치달은 남북관계는 그야말로 더 나빠질 수 없는 지경에 이르렀습니다. 그러던 차에 해외 출장에서 돌아온 기자가 뒤늦게 두 동강 난 마네킹 사진을 접하게 되었습니다.
「좀 이상하지 않아요?」
기자는 사진을 보고 고개를 갸웃거렸습니다.
「뭐가?」
부장이 기사를 검토하다 말고 돌아앉았습니다.
「표적 사건 말이에요.」
「남북 합작으로 만든 첨단 상업용 제품을 군사용으로 전환한 것은 완전 난센스야! 지금 언론사에서 들러붙는 것도 그 때문이고….」
부장이 새끼손가락으로 귀를 후비며 말했습니다. 기자가 두 동강 난 마네킹 사진을 들어 보였습니다. 토막 난 마네킹의 절단된 부분을 찍은 사진에는 잘려진 몸통 밖으로 붉은색 둥근 물체가 반쯤 튀어나와 있었습니다.

「이 붉은색….」

「마네킹사 얘기로는 와이어가 모이는 곳을 보호하기 위한 완충 피복이라고 하더군! 붉은색은 다른 물성을 구분하기 위해 그랬다는 거고.」

부장은 귀를 후빈 새끼손가락을 입으로 불며 새삼스러울 게 뭐 있냐는 듯 따분한 반응이었습니다.

「붉은색을 사용하다니 좀 짓궂지 않아요?」

「그래그래. 하필 빨간색을 쓰다니, 섬뜩하게. 사람 심장 같은 게 영….」

「그뿐만 아니에요. 자세히 들여다보면 '믿음'이라고 새겨져 있어요.」

「다 확인된 사항이야. 와이어 매듭을 믿음직스럽게 보호하기 위해서 붉은색 완충제를 '믿음'이라고 했데. 그쪽은 원래 그런 이름을 잘 쓰잖아. 왜 자동차 이름도 '갱생'이나 '천리마'를 쓰듯이….」

「그래서 보이지 않는 곳에 제품명을 저렇게 큰 글씨로 새겨 넣었다? 그것도 '믿음'이라는 생뚱맞은 낱말을? 북한이 원래 순 한글을 잘 쓴다지만 개발주체는 엄연히 남한 아닙니까? 기술자에게 일임했다고는 하나 제품명까지 맡긴다는 것은 말이 되지 않아요. 더구나 저런 이상한 곳에.」

기자가 다시 사진을 내려다보며 단정적으로 말하자 부장이 실눈을 뜨고 기자를 쳐다보았습니다.

「뭐 집히는 게 있어?」

기자는 사진을 내려놓으며 부장을 향해 돌아앉았습니다.

「개성에서 제품발표회를 할 때의 그 당당함은 어디로 갔는지…. 직원들도 입단속을 시켜놓아 쉬쉬하는 느낌을 받았어요. 지나치게 말을 아끼는 것이 수상쩍어요.」

「제품의 비밀을 유지하기 위해서 그러는 것 아닐까?」

「제품의 비밀보다는 뭔가 말 못 할 사정이 있는 느낌이더라고요.」

「말 못 할 사정?」

「출근길에 마네킹사에 들렀습니다. 제가 개성공단에서 제품발표회를 할 때 가봐서 그쪽 사람들을 좀 알거든요. 마네킹사는 핵심 기술자들의 소환이 염려되는 모양이에요. 지금도 가뜩이나 좋지 않은데 기술자마저 불려 들어가면 다음 생산은 전면 중단된다면서요. 회사에서는 자기네한테 초점을 맞추지 말라며 부담스러워하더라고요. 전적으로 해당 부대의 책임이라고 하면서도 기술자들의 소환을 걱정하는 눈치가 오히려 수상하더라고요.」

「기술자가 독단으로 벌인 일이라는 건가?」

「그런 냄새가 나요. 제품발표회 때 들은 기억으로는 세 명이 한 팀을 이뤄 거의 반년 동안 밤낮으로 작업했다는데…. 아마도 그 과정에서 기술자가 회사 모르게 자기의 소망 따위를 새겨 넣은 게 아닌가 하는 생각이 들어요. 게다가 저쪽 동네는 미신을 철저히 배척하잖아요. 그런데 그런 장난을 쳐 쟁점을 만들었다면 소환이 될 만도 할 겁니다.」

「북한 기술자들의 샤머니즘이라…. 그거 얘기가 되겠는데? 믿음, 믿음…. 뭘 믿는다는 걸까? 애인? 성공? 뭘 바라고 그런 짓을 했을까? 정말 궁금해지는데?」

부장이 구미가 당기는 표정으로 손바닥을 비벼댔습니다.

「어떤 것이 되었건 '믿음'이라는 게 아주 인간적인 낱말 아닙니까? 늘 굳어 있고 마치 감정조차 없는 사람들처럼 보이는 게 북측 근로자들의 이미지인데 그들의 행동이 무모할 정도로 순진해 보이잖아요?」

「표적에 집중할 게 아니라 그 뒤에 숨어 있는 휴머니즘을 보자?」

「그렇죠! 어쩌면 이거 꽉 막힌 남북 관계를 푸는 새로운 지평이 될 수도 있는 겁니다.」

「그렇군! 느낌이 좋아! 한번 캐 보자고. 어차피 지금 마네킹사는 자금난에다 표적 사건까지 터져 사면초가 상태야. 이게 새로운 돌파구가 될 수도 있을 거라며 설득해 보고.」

「네, 그럼 부장님이 마네킹사 사장에게 인터뷰 요청 좀 해 주십시오. 제가 마네킹사를 가보겠습니다.」

「오케이!」

기자는 그날을 떠올리며 미소를 짓다가 객석 사이로 다가오던 승무원과 눈이 마주쳤습니다. 기자는 머쓱해져 창밖으로 눈을 돌렸습니다.

「김한일 기자님! 불편하신 점은 없으십니까?」

기자는 무엇을 하다 들킨 사람처럼 흠칫 돌아보았습니다. 승무원이 도화지를 가슴에 품고 생글거리고 있었습니다.

「아! 네! 전혀 없습니다.」

승무원은 쑥스러운 표정을 지으며 들고 온 것을 내밀었습니다. 그것은 빳빳한 도화지에 신문 기사를 오려 붙인 것이었습니다.

「기자님을 모시게 되어 영광입니다. 여기에 수표 해주시면 우리 비행 안내원들에게는 큰 자랑거리가 될 것입니다.」

굵은 활자로 된 신문 기사의 제목이 보였습니다. 승무원이 내민 신문은 기자가 일 년 전에 쓴 기사였습니다.

'표적이 평화통일의 염원이었다니….'

당시의 기사는 큰 파장을 불러일으켰습니다. 북한 기술자들의 행동은 지탄받기보다는 오히려 사람들에게 큰 감동이 되었습니다. 기사가 나간 뒤 표적 사건에 대한 언론의 방향은 잘잘못을 따지기보다는 북한 기술자들의 훈훈한 미담으로 그 내용이 180도 바뀌었습니다. 남한에서 이런 기사가 연이어 보도되자, 북한에서도 이들의 기사를 내보냈습니다. 한 북한 기술자의 동생이 조기섬 포격에서 남측의 대응 포격에 전사하였다는 보도까지 나왔습니다. 하지만 기술자는 증오를 떨어버리고 서로 믿음을 가져야 평화 통일이 온다고 해서 보는 이들을 숙연케 했습니다. 남한에서는 북한 기술자들의 팬 카페까지 생겼습니다. 관련 보도가 남북을 오가며 이어지는 가운데 북한과 남한은 화해 분위기로 돌아섰습니다. 남한 정부에서는 표적 사건을 사과하면서 재발 방지를 약속하였습니다. 이에 답하여 북한에서는 희토류에 대한 개발을 남한에 의뢰했습니다. 남북 관계는 희토류 채굴권을 계기로 급물살을 탔습니다. 남북한 관계자들이 오랜만에 서로 밝은 표정으로 회의장에서 다시 만났습니다. 끊어져 있던 철길을 다시 잇고 제2의 개성공단에 관한 합의도 이루어졌습니다. 남포에 대규모 자동차 공장을 건설하기로 약속했습니다. 늘 분쟁의 씨앗이 되었던 서해에도 평화수역이 설정되어 공동어로를 할 수 있게 되었습니다. 북한은 군항인 해주항을 무역항으로 개방했습니다. 기사로부터 비롯된 남북관계는 지난 일 년 간 그야말로 천지가 개벽할 정도로 급변하였습니다.

'서로를 믿어 평화와 통일로 김한일.'

기자는 기사 아래 여백에 사인을 하고 승무원에게 다시 건넸습니다.

「공화국 로력영웅 훈장을 받으실 분을 이렇게 모시게 돼서 매우 기쁩니다.」

승무원이 함박웃음을 지으며 사인한 기사를 받아 들자 비행기 안에 있던 승객이 모두 손뼉을 쳤습니다.

「별로 한 것도 없는 제가 남북을 오가며 표창받게 돼서 이거 몸 둘 바를 모르겠습니다. 상복이 터졌나 봅니다. 하하!」

그러는 사이 비행기는 어느덧 평양 상공에 접근하면서 고도를 낮추었습니다. 조각보같이 펼쳐진 논과 밭 사이로 뻗어있는 활주로가 눈에 들어왔습니다. 그야말로 지척이었습니다. 이 짧은 거리를 자유롭게 왔다 갔다 하는 데까지 반세기가 훌쩍 넘게 걸렸습니다. 비행기는 순안공항 활주로에 가뿐히 내려앉았습니다. 정기항로 개통기념으로 순안공항 입국장은 몹시 붐볐습니다. 한복을 곱게 입은 항공사 승무원들이 입국장에 들어서는 사람들에게 일일이 꽃다발을 전해 주었습니다. 기자도 꽃다발을 목에 걸고 북측에서 나온 안내원의 영접을 받으며 입국장에 들어섰습니다. 입국장 한 가운데 인조대리석 기둥에는 남한 제품의 대형 TV가 붙어 있었습니다. TV에서는 백화점 상품을 소개하고 있었습니다. 기자가 안내원과 인사를 나누며 그 앞을 막 지나치려 하는데 화면이 뉴스 속보로 바뀌었습니다. 기자가 가던 길을 멈추자 안내원도 길을 멈추고 TV를 보았습니다. 분홍색 저고리를 곱게 차려입은 아나운서가 다소 흥분된 표정으로 속보를 전했습니다.

「인민 여러분! 기뻐하십시오. 우리 7천만 겨레가 염원하던 석유가 드디어 발견되었습니다. 평화수역으로 바뀐 해주 앞바다에서 지난 6개월간 유전을 탐

사하던 한국석유공사는 오늘 석유 시추에 성공하였다고 발표했습니다. 석유 매장량은 약 50억 배럴 정도로 내다보고 있습니다.」

「하나! 둘!」
「셋! 넷!」
한 무리의 아이들이 기념관에서 쏟아져 나옵니다. 기념관 광장에는 오월의 눈 부신 햇살이 쏟아져 내리고 있습니다. 아이들의 재잘거리는 소리가 광장에 울려 퍼집니다. 선생님이 손뼉을 치며 아이들의 시선을 모읍니다.
「여러분! 이 평화 기념관은 뭐 하는 곳이에요?」
선생님이 아이들에게 묻습니다.
「한국과 북한이 함께 만든 물건을 전시하는 곳이에요!」
아이들이 힘차게 대답합니다.
「그래요! 그런데 왜 함께 만들죠?」
「서로에게 이익이 되니까요!」
「그래요! 함께 이익을 보죠? 그러면 또 뭐가 좋아지는 걸까요?」
선생님이 다시 묻습니다.
「전쟁하지 않게 되었어요!」
「서로 왔다 갔다 할 수 있게 되었어요!」
아이들이 저마다 한 마디씩 외쳐댑니다.
「그래요! 그래서 우리가 다음 달에 평양에 현장 학습 가게 된 거죠?」
「네!」
아이들의 맑은 목소리가 우렁차게 울려 퍼집니다. 선생님은 아이들을 기념관 뒤쪽으로 이끕니다. 기념관 뒤편에는 넓은 잔디밭이 층층이 펼쳐져 있습니다. 층과 층을 올라가는 계단에 올라서서 선생님이 아이들을 돌아봅니다.

「여러분 여기 돌계단 좀 보세요.」

섬돌 틈새마다 민들레 꽃씨가 싸라기설탕을 묻혀 놓은 막대사탕처럼 솟아 있습니다.

「선생님이 딛고 있는 이 계단은 궁궐의 계단이에요. 여기는 천 년 전, 궁예 왕이 만든 나라인 태봉의 궁터예요. 비무장 지대가 개방되기 전에는 들어올 수 없는 곳이었죠. 저쪽 숲 밖에는 두 줄로 쌓은 궁궐 성터가 아직 남아 있어요.」

선생님은 궁궐터 위쪽으로 난 숲속을 가리킵니다.

「여기 숲에는 남북한에서 자라는 온갖 나무와 풀꽃들이 어우러져 피어 있어요. 야생 동물들도 심심찮게 볼 수 있어요. 운이 좋으면 여러분 곁으로 사슴이 다가올 수도 있어요.」

아이들이 선생님을 따라서 궁궐터를 가로질러 갑니다.

「자! 여러분 우리는 여기에서 점심을 먹을 거예요. 각자 모둠별로 모이세요.」

궁궐터가 끝나는 지점부터는 서어나무숲이 시작됩니다. 그곳에는 마네킹 세 개가 있습니다. 인민복 마네킹은 손으로 앞을 가리키고 있는 모습이고 양옆에 군복 마네킹이 인민복 마네킹을 호위하듯 서 있습니다. 그들은 마치 숲 밖으로 걸어 나오는 모습인데 각각의 마네킹 바로 앞에는 작은 비석이 세워져 있습니다. 군인 복장을 한 왼쪽과 오른쪽 마네킹 앞에 있는 비석에는 '평화'와 '통일'이, 인민복 차림의 가운데 마네킹에는 '믿음'이 새겨져 있습니다. 인민군 군관 차림의 통일 마네킹은 권총을 찬 허리 춤에 양손을 얹고 있습니다. 인민군 하전사 차림의 평화 마네킹은 총을 앞으로 향한 체 사람들이 많이 다니는 산책로 쪽으로 고개를 돌려 웃고 있습니다. 그래서 사람들은 평화 마네킹 옆에 나란히 서서 사진 찍기 좋아합니다. 마침 결혼사진 촬영을 하던 신부가 짓궂은 표정으로 평화 마네킹의 팔짱을 끌어안고 사진을 찍고 있습니다. 신부의 기나긴 옷자락이 푸른색 평화 마네킹 뒤에 새하얗게 펼쳐져 있습니다. 평화 마네킹의 옆으로는 손을 뻗쳐 앞을 가리키고 있는 마네킹이 있습니다. 믿음 마네킹입니다. 믿음 마네킹의 가슴에는 '적'이라고 쓰여진 흔적이 흐릿하게 남아 있습니다. 이미 두 동강 났던 '믿음' 마네킹은 등 뒤에서 가슴을 둘러 굵은 철사로 꿰매져 있습니다. X자로 촘촘하게 꿰맨 흔적이 '적'이라고 쓰여 있는 글자를 아래에서 위로 비스듬히 가로질렀습니다.

평화 마네킹의 총구에는 누가 꽂아 놓았는지 꽃 한 송이가 꽂혀 있습니다. 숲속에 흔히 피어 있는 원추리꽃입니다. 원추리꽃에 노랑나비가 앉았습니다. 울타리 근처 식탁에서 김밥을 먹던 어린이가 뽀르르 울타리를 넘어 들어갑니다. 노랑나비는 어린이의 기척에 팔랑팔랑 날아오릅니다. 어린이가 믿음 마네킹 앞에 이르더니 조그만 어깨 가방에서 붉은색 크레파스를 꺼냅니다. '적'이라고 쓰여 있는 글자를 크레파스로 덧칠해댑니다. 글자는 '벗'으로 바뀝니다. 아이가 선생님의 부름에 다시 밖으로 나갑니다. 세 마네킹 주변을 한참 팔랑거리며 날아다니던 노랑나비가 '벗'이라고 바뀐 마네킹의 콧잔등에 앉아서 날개를 접었다 폈다 합니다.

읍달무가 배시시 미소를 지었습니다.

작가의 말

　두 개의 크고 작은 봉우리를 하트 모양으로 돌아내려 오는 길을 산책하는 것은 나의 일상이었다. 살던 곳 아파트 단지 뒤에 있는 작은 산 등산로인데 나는 그 길을 거창하게 사색의 길이라고 이름을 지었다. 산책하다 보면 고라니 청솔모도 만나고, 운이 좋으면 딱따구리의 부리질도 지척에서 볼 수 있었다. 산 길을 가로질러 흐르는 개울에서는 나뭇가지로 가재에게 장난을 걸어 보기도 하는 그런 길이었다.
그런데 그 길 중간에는 표적 3개가 꽂혀 있는 인근 부대의 훈련장이 있었다.

사색의 길에 어울리지 않는 살풍경한 구간이었다.
사람 모양을 한 표적인지라 어스름할 때면 괜스레 곁눈질로 보았다.
계속 쪼나보고 있으면 꾸물꾸물 움직이는 것 같기도 하고 그랬다.
저게 없으면 이 길이 훨씬 서정적일 텐데….
추적추적 봄비가 내리던 날이었다.

"동무! 비오는 날도 산책하기요?"

표적이 나에게 말을 걸어왔다.

어?

나는 귀를 기울이며 다음 말을 듣기를 기대했으나 내가 들은 것은 사실 그게 전부였다.

몽환적 분위기에서 재빨리 현실로 돌아온 걸까?

그러던 어느 날이었다.

꿈에서 만난 그들이 각자의 이름을 소개했다.

구영오.

추엉립.

읍달무.

나는 본격적으로 그들의 이야기를 써 내려갔다.

작품을 완성하는 동안 서정적이던 사색의 길은 처절한 서사의 길이 되었다.

뭐에 씌운 것처럼 쓴 글이 세상에 나오는 데까지는 또 십수 년이 걸렸다.

나는 웅숭그리며 10년 이상을 그들과 지내왔다.

이제 그들이 여러분에게도 말을 걸어올지 모를 일이다.

내게 그랬던 것처럼.

마네킹

초판 1쇄 2025년 9월 15일

글 안석훈
삽화 김대호
펴낸곳 알짜플랜
이메일 rzzaplan@naver.com
주소 경기도 양평군 옥천면 백현길16
전화 031-772-7942
출판등록 2023년 11월1일 제 2023-000054호

ⓒ안석훈, 2025

ISBN 979-11-993631-0-6(43810)

이 책에 실린 글과 이미지의 무단복제를 금합니다.
이 책의 내용의 전부 또는 일부를 재사용하려면 반드시 출판사의 동의를 받아야 합니다.